BELLINI E O LABIRINTO

A marca FSC® é a garantia de que a madeira utilizada na fabricação do papel deste livro provém de florestas que foram gerenciadas de maneira ambientalmente correta, socialmente justa e economicamente viável, além de outras fontes de origem controlada.

TONY BELLOTTO

BELLINI E O LABIRINTO

Companhia Das Letras

Copyright © 2014 by Tony Bellotto

Grafia atualizada segundo o Acordo Ortográfico da Língua Portuguesa de 1990, que entrou em vigor no Brasil em 2009.

Projeto gráfico
Alceu Chiesorin Nunes
Bruno Romão

Capa
Alceu Chiesorin Nunes

Foto de capa
© Jack Hollingsworth/ Corbis (DC)/ Latinstock

Preparação
Lígia Azevedo

Revisão
Adriana Bairrada
Carmen T. S. Costa

Os personagens e as situações desta obra são reais apenas no universo da ficção; não se referem a pessoas e fatos concretos, e não emitem opinião sobre eles.

Dados Internacionais de Catalogação na Publicação (CIP)
(Câmara Brasileira do Livro, SP, Brasil)

Bellotto, Tony
Bellini e o labirinto / Tony Bellotto. — 1ª ed. —
São Paulo : Companhia das Letras, 2014.

ISBN 978-85-359-2477-0

1. Ficção policial e de mistério (Literatura brasileira)
I. Título.

14-06368	CDD-869.93

Índice para catálogo sistemático:
1. Ficção policial e de mistério :
Literatura brasileira   869.93

[2014]
Todos os direitos desta edição reservados à
EDITORA SCHWARCZ S.A.
Rua Bandeira Paulista, 702, cj. 32
04532-002 — São Paulo — SP
Telefone: (11) 3707-3500
Fax: (11) 3707-3501
www.companhiadasletras.com.br
www.blogdacompanhia.com.br

Para Malu, outra vez

Desde então não só acredito nas tragédias gregas como, por via das dúvidas, procuro evitá-las.
Claire Delmas em *O labirinto grego*,
de Manuel Vázquez Montalbán

Sumário

Césio-137, 11
The wind cries Mary, 63
Luar de agosto, 165
O labirinto, 241
As tears go by, 263

Césio-137

1.

O toque agudo — e irritante — se destacava do ruído monótono dos carros que já invadiam a Paulista naquela manhã fuliginosa. Maldito Graham Bell. Oráculos vaticinam que quando o telefone toca antes das sete urge atender — ninguém liga a essa hora para um papinho furado. A não ser que você tenha amigos cocainômanos, o que não é uma possibilidade para quem não tem amigo nenhum. Há sempre a chance de um engano — "Alô, dona Mirtes?" —, mas apostar nisso poderia gerar uma dúvida capaz de aniquilar de vez um sono que não era exatamente o da Bela Adormecida.

"Alô?"

"Remo Bellini?"

"Depende."

"Aqui é o Marlon. Marlon de Souza Brandão."

Silêncio.

"O Marlon da dupla Marlon e Brandão. O senhor conhece?"

A coisa sempre pode piorar. Quem não conhece Marlon e Brandão? Os irmãos boias-frias que abandonaram as plantações de cana para conquistar o Brasil com melosas canções com sotaque caipira.

"Pode deixar o *senhor* de lado, é formalidade demais para uma conversa ao raiar do dia. Até o conde Drácula conhece

Marlon e Brandão, os meninos-prodígio de Goiânia. O que você quer comigo a essa hora?"

"O Brandão, meu irmão, foi sequestrado."

Marlon fez uma pausa. Obviamente contava que a frase fosse a deixa para que eu tomasse alguma atitude.

"Sei", eu disse, na falta de algo melhor.

"Você já sabe?"

"Fiquei sabendo agora, Marlon. Como posso ajudar?"

"Me informaram que você é o cara certo para amparar minha família neste momento. Estamos desesperados."

"Imagino." Agora, quem fez uma pausa sutilmente irritante fui eu. "Os sequestradores já entraram em contato?", prossegui, antes que ele me mandasse tomar no cu.

"Ainda não."

"Então você não tem certeza de que ele foi sequestrado."

Marlon hesitou: "Eu...".

"Me conta o que aconteceu."

"Não sei por onde começar."

"Pelo começo."

"O assunto é um pouco delicado."

"Costuma ser, a essa hora da manhã. Desembucha."

"Vou ser franco com você, Bellini: meu irmão é chegado numa... putaria."

Silêncio.

"O Brandãozinho, quem é íntimo sabe, é seco numa foda profissional", prosseguiu. "Apesar de importar de São Paulo e de Brasília as melhores piranhas à disposição no mercado, às vezes ele prefere se mocozear num puteirinho furreca, pra não perder a mão. O Brandão diz que homem não pode se acostumar só com mulher gostosa. Então, de vez em quando, ele vai pro sacrifício e encara uma, ou duas, às vezes até três, amburanas de beira de estrada."

"Não se pode negar que há alguma sabedoria nesse procedimento."

"Sei lá. Com a grana que meu irmão tem, pra que se arriscar nesses muquifos?"

"Vamos deixar as dúvidas existenciais para os filósofos, Marlon. O sequestro, por favor."

"Ontem à tarde, o Brandãozinho foi até um desses puteiros chinfrins, ali pros lados de Anápolis, e, de noite, quando voltava pra casa, foi sequestrado."

"Testemunhas?"

"Não que eu saiba. A Land Rover foi encontrada pela polícia rodoviária lá pela meia-noite, abandonada no meio da estrada, com as luzes acesas e o som ligado. Não levaram nada do carro, e até o celular e a carteira do Brandãozinho estavam lá, em cima do banco. A carteira com dinheiro, talões de cheques, cartões de crédito e todos os documentos."

"Como você sabe que ele foi sequestrado? O Brandão não pode ter entrado no carro de uma fã? Deve estar contemplando a alvorada no acostamento ou escornado num quarto de motel. Ele nunca desapareceu antes?"

"Não desse jeito, largando o carro no meio da estrada e deixando a carteira e o celular pra trás."

"O Brandão bebe?"

"Só energéticos. Somos abstêmios."

Luis Buñuel não confiava em homens abstêmios. Infelizmente não posso me dar ao luxo de ser tão exigente com meus clientes.

"Drogas?"

"Não! Somos evangélicos. Nosso coração é puro, como o de Jesus."

"Não se fazem mais pop stars como antigamente", eu disse.

"Você é um cara estranho, Bellini."

"Muito cedo para elogios, Marlon. Relaxa. Daqui a pouco o Brandão aparece, vai por mim. Deve estar entalado numa buceta mais apertada que as de costume. Se ele não voltar em vinte e quatro horas, você me liga de novo. Que tal avisar a polícia? Ela deve servir para alguma coisa, afinal de contas."

"Bellini, o buraco é mais embaixo, véio. Logo que soube que o carro do meu irmão foi encontrado, liguei para um delegado nosso amigo, dr. Filadelfo. Ele ordenou uma busca em toda a região. Postos da polícia rodoviária, hospitais, puteiros, hotéis, bares, boates, farmácias e até necrotérios de Goiânia e das cidades próximas foram checados. Amigos, conhecidos, parentes, funcionários e ex-funcionários da nossa empresa foram contatados de madrugada. O Fila também interrogou as pessoas que estavam no bordel de Anápolis e deu uma busca pessoalmente nas imediações da BR-060, onde o carro foi encontrado. Meu irmão desapareceu."

"Isso ainda não prova que foi um sequestro."

"Só se ele foi abduzido por um disco voador."

"Melhor não trabalhar com essa hipótese. Por enquanto."

"Meu irmão largou o celular no carro. Nem pra cagar o Brandãozinho larga a porra do celular. Ele foi levado à força da Land Rover, tenho certeza. Foi o Fila mesmo que sugeriu a possibilidade de sequestro e indicou seu nome para nos ajudar, Bellini."

"Com tanta grana em caixa, por que vocês não contratam seguranças?"

"Usamos seguranças quando estamos viajando, fazendo shows. Mas não em Goiânia. Conhecemos todo mundo na cidade. Somos queridos pelo povo, conhecidos na região. Nunca pensei que uma coisa assim pudesse acontecer aqui. De qualquer jeito, um puteiro não é um lugar pra ir com guarda-costas, certo?"

"Com a grana que seu irmão tem, por que se arriscar nesses muquifos?"

"Eu não acabei de te fazer a mesma pergunta?"

"Pra você ver como argumentos também podem sair pela culatra. A que horas você pode me encontrar? O Fila tem o endereço do meu escritório?"

"Bellini, você tem que vir para Goiânia. Não posso sair daqui agora. A família, entende? Precisamos ficar juntos, estamos todos muito nervosos. Além do mais, o sequestro aconteceu aqui."

Nunca subestime um telefonema às sete da manhã. Ele pode virar um problema de verdade.

"Goiânia?"

"Eu pago a passagem, claro. Ou, se preferir, mando nosso jatinho te apanhar."

"Calma", eu disse, embora fosse eu a demonstrar uma inesperada ansiedade. "Me ligue em quinze minutos, por favor. Preciso ver se consigo me ausentar. É complicado, assim de repente."

"Claro, claro. Eu entendo. Ligo em quinze minutos. Mas pense no meu caso com carinho, por favor. Estamos desesperados. O Fila te mandou um abraço."

"Manda outro pra ele", eu disse, embora não me lembrasse de nenhum dr. Filadelfo. Bem, havia coisas mais estranhas das quais eu não me lembrava.

"Até já", disse Marlon, e desligamos.

Debrucei-me sobre o dilema por alguns segundos: ir ou não ir para Goiânia?

Complicado, sem dúvida.

Resolvi a questão virando para o lado e dormindo de novo.

2.

Uma das poucas coisas imutáveis em São Paulo é o aeroporto de Congonhas. Embora várias reformas tenham acontecido desde sua inauguração em 1936, o aspecto do edifício continua o mesmo há quase oitenta anos. Na minha infância, meus pais me levavam até Congonhas aos domingos para ver aviões subir e descer. Íamos também ao parque do Ibirapuera, ou ao Salão do Automóvel. Em ocasiões especiais assistíamos ao Holiday On Ice, um espetáculo de patinação no gelo em que eu me deliciava com a visão de patinadoras deslizando na superfície gelada. Um pequeno humanista em formação, já naquela época preferia contemplar patinadoras a carros, eucaliptos ou aviões.

Pedi um expresso duplo e dois pães de queijo num café no saguão central do aeroporto. Sentei a uma mesinha atrás de uma coluna e liguei o discman no bolso interno do paletó. Deixei que a filosofia profunda de John Lee Hooker embalasse meus neurônios enquanto eu mastigava o pão de queijo: *"The best thing in life is free, but you can give it to the birds an' bees"*.

John Lee Hooker tem um estilo único de cantar, pois parece estar falando. Se você prestar bastante atenção, vai perceber que ele não está falando, mas cantando como um demônio com calos nas cordas vocais. Difícil, no corre-corre da vida cotidiana, é arranjar tempo para perceber coisas assim.

"I need some money, need some money..."

Mais urgente que o café, ou o pão de queijo, a dose diária de melancolia desceu como morfina. Quem precisa de crack, se tem o blues? Olhei as pessoas andando pra lá e pra cá e bocejei. Dei um gole no café, abri o jornal e olhei as notícias: inundações, incêndios, assaltos, assassinatos, deslizamentos, terremotos, intrigas, miséria, ruína, desespero, casas desabando, ações despencando e capotas polares se transmutando em prosaicas poças d'água. Bocejei de novo. Corri para o horóscopo, o único refúgio visível: *Num dia como hoje, melhor deixar a água do rio correr livremente enquanto você apenas a contempla.*

Hum.

Consultei o relógio. É tudo uma questão de interpretar corretamente os desígnios astrológicos: o fluxo do tempo não é como a água que corre no leito de um rio? Além de meio brocha, a idade está me deixando meio zen. E distraído. Corri até o portão cinco, onde já se encerrava o embarque do voo 3925. Entrei no espaçoso Airbus com John Lee Hooker ainda pairando na minha caixa craniana. *"Money don't get ever'thing it's true, but what it don't buy, daddy, I can't use..."*

A melancolia perene deu lugar a uma inusitada sensação de alívio. Ainda bem que não optei pelo jatinho particular de Marlon e Brandão. Não contente em me deixar meio brocha, zen e distraído, o passar do tempo tem me causado claustrofobia em aviões pequenos.

"I need money, I need money, yeah..."

Sim, eu também preciso de dinheiro. Se a montanha não vem a Maomé, Bellini vai a Goiânia.

3.

Em Goiânia Marlon Brandão me esperava no aeroporto. Apesar do nome, que soava como um bizarro aumentativo do nome do lendário ator norte-americano Marlon Brando, o cantor sertanejo em nada lembrava uma versão dilatada do já rotundo coronel Kurtz, de *Apocalipse Now*. Marlon Brandão era um rapaz magérrimo que me pareceu ainda mais desconsolado ao vivo. De sua figura, o que mais chamava a atenção, além do jeans justíssimo — que parecia lhe apertar as bolas do saco à exasperação —, era um estranho topete descolorido, que, por um instante, me lembrou um arranjo kitsch com bagaços de cana. Tive certeza de que os irmãos Brandão nunca deveriam ter abandonado as plantações de cana-de-açúcar. Era aos canaviais que eles pertenciam, e o penteado de Marlon Brandão comprovava isso.

Ao lado de Marlon, um sujeito de óculos escuros e barriga pontiaguda sorria para mim com volúpia, como se minha presença lhe proporcionasse algum tipo de satisfação secreta. Não foi difícil deduzir que se tratava do tal dr. Filadelfo. Posso reconhecer um tira sorridente a quilômetros de distância, pelo brilho dos dentes. Aprende-se alguma coisa em vinte e cinco anos de trabalho.

"Bellini", disse, estendendo a mão. "Lembra de mim?"

Lembra de mim? é uma pergunta sádica, pois quem pergunta sabe que você *não* lembra. Ainda mais quando a pessoa em questão não se digna a tirar os óculos escuros.

"Dr. Filadelfo."

Filadelfo apertou minha mão como só um tira sabe fazer. É uma dessas coisas que eles aprendem na Academia de Polícia.

"Que memória!"

"Nenhuma memória. Na verdade eu não me lembro de você, mas não é nada pessoal. Não me lembro de quase ninguém. Mas *suponho* que seja você. Só um policial permaneceria mais de trinta segundos apertando com tanta força a mão de outro homem."

Ele largou minha mão na hora. Seu sorriso também desapareceu do rosto. Marlon Brandão deu uma risada que moveu graciosamente os bagaços de cana de seu topete.

"E você é o Marlon", eu disse, estendendo a mão para meu provável futuro cliente.

"Eu, você conhece", ele afirmou enquanto me cumprimentava. E logo soltou minha mão.

"O topete é inconfundível."

"Vamos?", sugeriu Filadelfo, fazendo um sinal em direção ao estacionamento. Não só o sorriso tinha se evaporado de seu rosto: um rancor sutil podia ser observado na maneira nervosa como movia os maxilares.

"De onde nos conhecemos?", perguntei.

"Isso pode ficar pra mais tarde. Temos coisas mais importantes pra resolver."

Sádico *e* ressentido. O pior tipo de tira que se pode encontrar.

4.

"Esta é a Land Rover do Brandão?", perguntei, sentado no banco de trás.

"Esta é a *minha* Land Rover", disse Marlon, ao volante.

"A Land Rover do Brandão está na delegacia sendo periciada", explicou Filadelfo no banco da frente — ainda de cara fechada —, caprichando no jargão policial.

"Você e o Brandão têm carros iguais?", perguntei.

"Eles têm muitas coisas iguais", adiantou-se Filadelfo, enigmático.

"Os topetes, com certeza. Mulheres?", insisti.

"Ô loco", disse Marlon, "aí não. Tenho um gosto melhor que o do meu irmão, pelo amor de Deus..."

Olhei pela janela.

De onde eu conhecia Filadelfo? Havia alguma coisa estranha em seu semblante. Alguma coisa que me desagradava. Na rua, uma carroça puxada por um pangaré quase foi atropelada por um carro importado, de rodas gigantes, desses que se veem na televisão em torneios esquisitos nos Estados Unidos.

"Caraio!", disse Marlon.

Filadelfo tirou os óculos e virou o rosto para observar o carro, a carroça e o cavalo que ficavam para trás. Ele fez questão de me atravessar com os olhos, como se eu fosse invisível. Ainda não o reconhecia, mesmo sem os óculos.

No céu uma tempestade se formava sobre os prédios, apesar dos raios de sol que se espalhavam pelos campos cultivados que circundavam o espaço urbano. O que mais me incomodava em Filadelfo era o fato de ele ter me indicado ao Marlon. Desde quando eu tinha me tornado uma referência em casos de sequestro? Sequer me lembrava de já ter lidado com um sequestro em vinte e cinco anos de carreira. Tudo bem que minha memória andava menos confiável que promessas de amor, mas minha especialidade, sabidamente, sempre foi o adultério, embora a prática esteja em baixa nos últimos tempos. Não a prática do adultério em si, evidentemente, mas a prática de *contratar detetives* para investigar adultérios. Talvez o que esteja em baixa seja o fato de alguém se importar com adultério.

"Qual é a ideia?", perguntei, incomodado com o silêncio súbito que se instalara na Land Rover.

"Estamos indo para o escritório", disse Marlon. "A família está reunida lá, aguardando o contato dos sequestradores."

"Por que você tem tanta certeza de que seu irmão foi sequestrado, Marlon?"

"Ele só pode ter sido sequestrado", adiantou-se Filadelfo, que agora mantinha os óculos escuros apoiados na testa. "Todas as outras possibilidades foram descartadas."

Sua atitude era francamente hostil. Comecei a ficar preocupado.

"Quais são as outras possibilidades?"

"Um desaparecimento puro e simples", respondeu prontamente. "Mas a essa altura já teríamos alguma notícia de seu paradeiro. O que nos resta? Tentativa de assalto... o que mais?"

Um tirambaço no peito. Uma facada na barriga. Um arame fino apertando o pescoço até pernas e braços pararem de se debater. Uma machadada na cabeça...

"Homicídio", sugeri.

"Ô loco", manifestou-se Marlon, "quem ia querer matar o Brandãozinho? É o cara mais querido do mundo!"

"Se foi um homicídio", disse Filadelfo, "o assassino desapareceu com o corpo."

"É o que costumam fazer quando não querem ser pegos pela polícia."

"Bellini!", gritou Marlon, freando o carro bruscamente no meio da rua, algo que, pelo visto, era permitido e estimulado pelas regras locais de trânsito. "Eu não te contratei para ficar zicando o meu irmão!"

"Marlon, você ainda não me contratou pra nada. E, realmente, *zicar* os outros não é minha especialidade. Eu não viria até Goiânia só pra *zicar* alguém. Talvez não devesse mesmo ter vindo até aqui, pelo motivo que for. Aliás, pra que exatamente você quer me contratar?"

"Pra negociar com os sequestradores, porra. Não é a tua especialidade?"

"Não", eu disse, para que ele entendesse da forma mais sucinta a realidade dos fatos.

"Não seja modesto", interferiu Filadelfo, conciliador, recobrando subitamente a simpatia. "Estamos todos nervosos, o que é natural nessa situação. Vamos", disse, fazendo um sinal para que Marlon colocasse novamente o carro em movimento.

Assim que a Land Rover retomou seu caminho pelo trânsito singular de Goiânia, uma tempestade desabou sobre a cidade. O silêncio incômodo foi quebrado pelo barulho – não menos incômodo – dos pingos de chuva batendo com força contra a lataria do carro.

5.

Marlon & Brandão grafados em letras gigantes e douradas, simulando a grafia boçal de uma menina apaixonada de treze anos de idade, estampavam uma parede inteira na recepção do escritório da dupla. Sob os nomes, uma foto imensa dos dois irmãos cantores sorrindo, com seus hilariantes cabelos de bagaço de cana, oferecia as boas-vindas a quem entrasse no escritório da M&B Produções, que ocupava um edifício de quatro andares no centro de Goiânia.

O complexo incluía estúdio de ensaio e gravação, depósito de instrumentos, garagem para caminhões e ônibus (todos envelopados em fotos imensas dos sorridentes irmãos canavieiros), sauna, salão de beleza, sala de massagem e o que me pareceu uma estranha capelinha iluminada por dentro como uma boate. Numa das salas, várias pessoas se reuniam em torno de uma mesa. Quem visse a cena talvez imaginasse que o corpo do Brandãozinho estava sendo velado ali mesmo. Marlon se encarregou das apresentações: os irmãos gêmeos Leo e Lisandro, um pouco mais velhos que Marlon, ambos meio calvos e, portanto, desprovidos de cabelos de bagaço de cana (apesar dos nomes, Leo e Lisandro *não* formavam outra dupla sertaneja na família: eles cuidavam da administração das fazendas e dos investimentos financeiros dos irmãos mais novos e mais famosos); a irmã de criação, Riboca — uma sorridente pretinha de treze anos com trancinhas rasta — ("Ri*t*oca?", perguntei, pensando ter entendido errado o que seria um provável apelido de Rita, mas Marlon respondeu: "Ri*b*oca mesmo, com *bê*, é o nome dela. Os pais eram gente ignorante da roça, achavam lindo o nome do tênis Reebok"); Eliane Bomfim, a empresária, uma paulistana de meia-idade bastante roliça e suficientemente virilizada a ponto de me cumprimentar com um prosaico "Tudo belê, mano?"; Maiara, a namorada de Marlon, "minha quase noiva", como ele a definiu (uma versão mais brejeira, menos pálida e mais lacônica de uma Branca de Neve tatuada com um cedro-do-líbano na nuca); e mais uma infinidade de cunhadas, sobrinhos, tios e primos cujo nome não consegui guardar. Estavam todos contritos e me cumprimentaram discretamente, com medo de desviar os olhos dos inúmeros telefones, rádios e celulares que se acumulavam sobre a mesa e perder o prometido contato dos supostos sequestradores, que aguardavam com a ansiedade de quem espera uma revelação divina.

"Minha mãe e minhas tias estão na capela rezando", disse Marlon.

Uma empregada entrou trazendo café com biscoitos e um bolo fatiado numa bandeja. Tudo ali lembrava um concorrido evento familiar. "Ela preparou esse bolinho de fubá especialmente pra você", prosseguiu Marlon. "O bolo de fubá da dona Sula é famoso em toda Goiás."

"Não precisava se preocupar", eu disse. "Posso falar com você um minutinho?"

"Claro."

"Em particular."

Alguns rostos se viraram na minha direção. Riboca aproveitou a pausa para atacar a bandeja com o bolo.

"Servido?", ela disse, sorrindo de boca cheia, depois de garantir um bom bocado para si, enquanto me oferecia uma fatia já mordida.

"Mais tarde, Riboca, obrigado. Coma por mim."

"Vem comigo", disse Marlon.

Filadelfo fez menção de nos seguir.

"Preciso falar a sós com meu cliente por um minuto", comuniquei gentilmente ao Fila, fazendo um gesto discreto com o dedo, um prosaico número um se meu dedo estendido fosse o indicador e não o médio.

6.

Marlon conduziu-me até uma sala escura e parcamente mobiliada, um amplo espaço com TV de plasma, equipamento de som e um sofá. Abriu a cortina da janela para que entrasse luz. Na parede uma pintura solitária mostrava um Cristo de expressão benevolente com o coração dourado pulsando em brasa sobre a túnica branca.

Lá fora ainda chovia.

"Senta", ele disse enquanto se sentava, indicando um lugar ao seu lado no sofá.

"Prefiro ficar em pé mesmo. Vai ser rápido. Em primeiro lugar, não sou um especialista em sequestros. Não quero dizer com isso que o Filadelfo esteja mentindo, talvez ele tenha se confundido. Mas não quero te enganar. Por outro lado, conheço um pouquinho da vida e já me comuniquei com gente bem pior que o mais escroto dos sequestradores. Sou sincero, estou precisando de trabalho e sinto que você está sendo pessimamente assessorado."

"Não tenho muitas opções, Bellini. Nem tempo. Qual o teu preço?"

"Depois falamos sobre isso. Nada que vá abrir um rombo no orçamento da M&B, fique tranquilo."

"Eu *não* estou tranquilo. E não por isso. Quero meu irmão de volta. Onde eu assino?"

"Tua assinatura é a tua palavra", eu disse, ciente do efeito intimidador da sentença. Tive a impressão de que o Cristo no quadro deu uma piscada para mim, provavelmente consequência da noite mal dormida ou de um insuspeito efeito do jet lag do voo de duas horas de São Paulo a Goiânia.

"Fechado."

"Não, eu não sei ainda se *eu* estou fechado. Antes de decidir, preciso da tua assinatura verbal em mais uma cláusula: se assumir este trabalho, eu é que vou definir como as coisas vão acontecer, certo? Eu é que vou comandar a porra da operação."

"O.k., como você quiser, véio", ele disse, e se levantou.

"Calma." Empurrei-o suavemente de volta ao seu lugar no sofá. "Algumas questões: você quer que o Brasil inteiro saiba que seu irmão foi sequestrado?"

"Claro que não. Estou tomando conta pra notícia não vazar nas redes sociais. Sabe quantos seguidores eu tenho no Face?", ele perguntou, deixando claro que ouvir minha ladainha não era uma prioridade no momento.

"Marlon, o que todas aquelas pessoas estão fazendo em volta daquela mesa?", insisti, antes que ele me revelasse seu número de seguidores no Facebook, informação que me parecia tão relevante – e interessante – quanto o número de talibãs barbados do Afeganistão. "A Riboca tem treze anos de idade, ela não deveria estar ali."

"Ela faz catorze daqui a um mês. Riboca é uma bênção na nossa família. Quando os pais abandonaram ela na porta da nossa casa, tinha um ano de idade e estava à beira da morte, desnutrida, doente e cheia de feridas. A Riboquinha só está viva por um milagre. Foi Deus quem enviou ela para o nosso lar. A minha carreira e a do Brandão só deslanchou depois que a Riboca chegou. Ela é o amuleto sagrado da família Souza Brandão."

"Amuletos não resolvem sequestros. Se a notícia vazar para

a imprensa, você sabe qual é a chance dos sequestradores fazerem um contato rápido?"

"É tudo gente de casa, a notícia não vai vazar."

"Quantos anos você tem, Marlon?"

"Trinta e dois."

"Já devia saber que as notícias vazam sempre, independentemente de seus mensageiros serem gente de casa ou de fora, anjos, empregados domésticos ou hackers compulsivos. Outra coisa: *deixe a polícia fora disso*. Nunca ouviu essa frase num filme?"

"A polícia está fora do caso."

"E o dr. Filadelfo é o quê? Seu maestro e arranjador?"

"Meu amigo."

"Não precisamos de amigos para resolver um sequestro."

"Caraio! Você prepara essas frases em casa ou inventa tudo na hora?"

Alguém abriu a porta.

"Venham rápido, o sequestrador acabou de ligar!", disse Filadelfo, ofegante. Os óculos escuros estavam tortos em sua testa e davam a impressão de que cairiam a qualquer momento.

7.

Para um vegetariano talvez aquela fosse a imagem do Inferno de Dante — ou do paraíso de Chitãozinho e Xororó: garçons deslizando numa pista de gordura animal, carregando espetos que, como espadas, cravavam diferentes cortes de carne sangrenta. Picanha, alcatra, maminha, fraldinha, filé e o sinistro cupim, o colestérico vilão da anatomia bovina.

Detalhe: eu *não* sou vegetariano.

No entanto, a cena tinha, sim, algo de pesadelo: por mais que me esforçasse para deglutir aquela infinidade de carne, a toda hora um diferente garçom me oferecia uma parte distinta do boi. Vi-me obrigado a engolir pedaços de bife sem mastigar, na ânsia de não decepcionar os garçons, todos muito simpáticos e solícitos, embora lembrassem zumbis antropófagos vagando sem rumo pelo salão.

A churrascaria me fora sugerida por Marlon, depois que demos por acabado o dia de trabalho. O templo da carne, segundo Marlon e Filadelfo, pertencia a uma rede cujos donos eram Chitãozinho e Xororó, os decanos das duplas sertanejas em atividade no Brasil, oriundos de um tempo em que cantores sertanejos ainda ostentavam chapéus de vaqueiro na cabeça e não estranhos penteados em forma de canavial. Embora Marlon e Filadelfo tivessem insistido em me acompanhar no jantar, consegui no final convencê-los de que eu era o tipo de sujeito que *precisa* ficar sozinho de vez em quando, sob o risco de sofrer um surto psicótico devido ao convívio excessivo com humanos. Para mim, o silêncio é como a água.

Para acompanhar o festim carnívoro, pedi um malbec argentino. Não sou muito chegado em vinho, sempre preferi a cerveja ao néctar de Baco, que costuma me conduzir a um estado indefinido entre a depressão e a compulsão suicida. A não ser em casos de cansaço extremo — e era exatamente isso que eu vivenciava ali, numa mesa num canto do vasto salão, um bem-vindo e apaziguador cansaço, que me fazia inclusive prever uma noite de sono contínuo e reconfortante.

Quando já não havia quase ninguém na churrascaria e os simpáticos garçons me endereçavam olhares impacientes, enviei ao meu sistema digestivo a última taça do malbec. E lembrei como, algumas horas antes, o contato do suposto sequestrador soara estranho e inconsistente. Ridículo, até.

Logo que Marlon e eu saímos da sala de TV, seguindo Filadelfo de volta à mesa em que a família Souza Brandão se reunia na mórbida vigília aos telefones, deparamos com dona Sula gritando histérica no corredor, brandindo um celular como uma batata incandescente: "O sequestrador! O sequestrador! Ave Maria cheia de graça!".

O suposto sequestrador, não sei se por sadismo ou falta de traquejo, decidira se comunicar com dona Sula. Ostensivamente amador, para dizer o mínimo. Dificilmente um profissional optaria por esse procedimento: há poucas pessoas menos indicadas a negociar um pagamento de resgate do que a mãe do sequestrado.

Naquele momento, peguei o celular da mão dela e perguntei ao interlocutor: "Quem fala?".

E ele desligou.

8.

Paguei a conta da churrascaria e resolvi ir a pé até o Costa's Plaza Hotel, onde uma reserva em meu nome fora feita por Marlon Brandão. Goiânia é uma cidade agradável para caminhar à noite, pois fica vazia e livre dos carros, motos e carroças que circulam pelas ruas durante o dia e impedem qualquer tentativa de contemplação ou divagação. Nunca vi um trânsito tão caótico, e quem afirma isso é alguém que vive em São Paulo. Um *flâneur* que se aventurasse por Goiânia à luz do dia provavelmente terminaria atropelado antes do crepúsculo.

A cada dez ou doze passos eu conferia o celular de dona Sula, como fizera o tempo todo durante o jantar, olhando para o espalhafatoso aparelho cor-de-rosa entre uma fatia de picanha e um pedaço de alcatra. Depois do malfadado contato do sequestrador – que eu ainda não tinha certeza se era mesmo um sequestrador, já que tudo o que dissera a dona Sula fora "A senhora é a mãe do Brandão? Precisamos conversar", então, quando peguei o telefone e perguntei quem falava, desligou –, eu decidira que ficaria com o celular, à espera de um novo contato – pois se ele fosse mesmo um sequestrador haveria outro contato –, e avisei à família Brandão que dali em diante estava finalizada a vigília aos telefones e que deviam ir todos descansar e cuidar, dentro do possível, da própria vida. O caso, agora, estava nas mãos de um profissional, eu disse, e tive a impressão de que a frase não convenceu nem acalmou ninguém, eu e Riboquinha — com as bochechas cheias de bolo de fubá — incluídos. Embora dr. Filadelfo tenha nesse momento me dado um tapinha nas costas e reafirmado aos familiares que podiam ficar tranquilos, pois eu era conhecido em São Paulo por negociar resgates e proporcionar finais felizes a sequestros de toda a espécie, saí do prédio da M&B Produções com mais dúvidas do que quando entrei. Suponho que como todos os presentes, aliás.

Ao chegar ao hotel, antes de subir até o quarto, decidi tomar um drinque no saguão. É difícil escolher o que beber depois de secar uma garrafa de vinho. A cerveja não era mais uma opção viável e optei por uma taça de conhaque. Aquela prometida noite de sono contínuo começava a entrar no mundo colorido das improbabilidades. E então o celular de dona Sula começou a vibrar, emitindo uma versão carnavalesca de "Jesus, alegria dos homens", de Bach.

"Alô?"

Era Marlon Brandão.

"Nada?"

"Nada", respondi. "Fique tranquilo, tente dormir um pouco. Sei que é difícil, mas sequestros costumam ser jogos de paciência. É preciso ter autocontrole. Ele vai ligar, tenho certeza. E, quando ligar, vou te avisar em seguida."

"Certo", disse Marlon, e desligou.

Certo é o cacete, pensei. A única certeza que eu tinha era de que aquele conhaque que o garçom me servira *não* era francês, ao contrário do que queriam fazer crer as palavras no rótulo da garrafa. Dei uma cheiradinha antes de despachar o duvidoso destilado goela abaixo. Algo naquele blend me remetia a velhas guarânias, relógios falsificados e outros produtos típicos do Paraguai. No entanto, o conhaque não era de todo ruim. Tudo vale a pena se a alma não é pequena, e o fígado ainda aguenta o tranco. Olhei em torno. O edifício do Costa's Plaza Hotel era oco, e do saguão — em que conviviam mesas de bar, o balcão da recepção e um estranho jardim interno — se tinha a visão de um enorme vazio.

O telefone cor-de-rosa de dona Sula tocou de novo.

"Alô?"

"Dona Sula?", perguntou o homem.

Sim. Minha voz continua a mesma. Mas meus cabelos...

"Remo Bellini."

"Desculpe, devo ter ligado errado."

"Não, você ligou certo. Este é o telefone da dona Sula. Quem fala?"

"É o padre Pedro. Você é...?"

"É uma história longa. Por que o senhor não tenta a casa da dona Sula? Ela pode explicar a situação."

"Tem a ver com o desaparecimento do Brandãozinho?"

"Perfeito, padre. O senhor é muito perspicaz."

"E você, muito gentil."

E cínico. Mas o senhor não notou. Ainda.

"Obrigado. Sei que não estamos num confessionário, mas se o senhor puder manter essa história do desaparecimento do Brandãozinho em segredo, eu agradeço."

"Não se preocupe. Sei guardar um segredo."

"Imagino que sim. Vocês são bons nisso."

"Percebo que você se interessa por teologia."

"Em outro momento, talvez. Estou sem energia para debater o sexo dos anjos agora, desculpe. Tente a casa da dona Sula."

"Vou ligar, obrigado. Fique com Deus."

"Igualmente", eu disse, e desliguei.

Dei mais um gole do conhaque. Se Deus estivesse mesmo comigo, eu proporia um brinde ao Paraguai. Ele provavelmente argumentaria que o conhaque paraguaio é criação de seu eterno rival, o Diabo. Mais tarde, ao fim da garrafa, mais relaxado, Deus confessaria que é sócio do Diabo em alguns empreendimentos. "Você sabe", Ele diria, engrolando um pouco as palavras, "aquela história do policial mau e do policial bonzinho..."

O celular de dona Sula mais uma vez espalhou pelo ambiente a melodia imortal de Bach, que aliás estava cada vez mais desgastada e prosaica, como a "Pour Elise", de Beethoven, que anuncia a chegada do caminhão de gás.

"Alô?"

"Com quem falo?", perguntou o homem.

"Remo Bellini."

"É com você que devo tratar sobre o Brandãozinho?"

"Oh, Lord, won't you buy me, a Mercedes Benz?"

Janis Joplin quase me faz perder o contato com o sequestrador. Na verdade não era Janis, mas uma garota morena e descabelada, de olhos azuis, vestida com uma instigante minissaia jeans e botas altas de caubói, que começara a cantar *a capella* num pequeno palco num canto do bar da recepção do hotel. Eu não tinha notado o palco antes, mas aquele não era o melhor momento para dissertar sobre coisas que eu *não* tinha notado antes.

"Comigo mesmo", respondi.

"Polícia?"

"Só um amigo da família. Qual é a proposta?"

Em seguida, enquanto escutava pelo celular a lenga-lenga criminosa, observei melhor a moça que cantava o clássico de Janis.

"Oh, Lord, won't you buy me, a color TV?"

Percebi que era para mim que ela cantava, pois eu estava sozinho no bar.

9.

"Aqui é o *ground zero*!", ela disse.

Ela, a cantora.

A morena descabelada de olhos azuis que cantava "Mercedes Benz". Estávamos em plena madrugada, caminhando pela Goiânia vazia, em que poças d'água remanescentes da tempestade refletiam luzes dos postes, dando a impressão de que outra cidade, noturna, brotava do chão. Noturna, mas de maneira nenhuma soturna. A Goiânia noturna é mais solar que a diurna. Há um sol da meia-noite brilhando em Goiânia, mas, para vê-lo, é preciso antes beber meia garrafa de conhaque paraguaio. Tudo tem um preço, certo? Lembrei-me de um filme a que assistira muito tempo antes, um documentário que mostrava Adolf Hitler conhecendo os pontos turísticos da Paris ocupada, numa manhã em que a cidade luz se assemelhava a uma urbe fantasma, em que seus únicos habitantes visíveis eram os lúgubres soldados nazistas da comitiva do Führer.

"O *ground zero* de Goiânia!", a cantora repetiu, como se eu não estivesse percebendo a gravidade da afirmação, ou não desse importância ao fato. Olhei para o lugar que ela apontava: uma enorme construção na avenida Paranaíba, que uma placa anunciava ser o Centro de Cultura e Convenções de Goiânia.

"Antes de construírem o Centro de Cultura, havia neste terreno um antigo hospital abandonado. Foi aqui, no meio das ruínas do Instituto Goiano de Radioterapia, que os catadores do ferro-velho encontraram o Cesapan F-300, o aparelho em que estava a cápsula de cloreto de césio-137. Tudo começou aqui. Daquela época, só restou aquela igrejinha."

Olhei a igrejinha de pequenas torres brancas que ela me indicava, situada a uns duzentos metros de onde estávamos.

"Não sei se estou preparado pra seguir em frente."

"Oh, I get by with a little help from my friends", cantarolou a estranha figura ao meu lado. Ainda que fosse natural que cantoras se expressassem por canções, não deixei de me surpreender com o inusitado hábito de minha acompanhante noturna, que às vezes substituía suas falas por estrofes musicais, como se Goiânia fosse palco de um musical da Broadway. A atitude, porém, demonstrava inegáveis picardia e savoir-faire: eu, quando não sei o que dizer, simplesmente me calo. "Sei que soa meio doentio e baixo-astral", prosseguiu a cantora, cujas íris azuis começavam a me contaminar como material radiativo. "Essa história do césio-137 é muito triste mesmo. Mas é reveladora. E traz uma lição de vida, se você souber enxergar. Vamos."

Perguntei-me o que eu fazia numa rua em Goiânia, às três horas da manhã, seguindo uma cantora por um mórbido passeio turístico, que ela definia como Tour Césio-137. Eu não estava precisando de nenhuma lição de vida. O que me levara até ali, afinal de contas?

10.

Algum tempo antes, no saguão do hotel, logo depois que o sequestrador me passara as instruções, eu ligara para Marlon informando as novas e combinando os próximos passos. Logo que desliguei o celular, vi que a cantora caminhava na minha direção.

"Posso?", ela disse, apontando a garrafa de conhaque.

Naquele momento eu ainda tentava processar mentalmente os acontecimentos recentes. Marlon me instruíra a aguardar seu contato, dispensando-me de acompanhá-lo com os irmãos na visita ao gerente do banco para viabilizar o saque do montante do resgate exigido pelo sequestrador.

"Tem certeza de que é isso mesmo que você quer?", ponderei, tentando alertar a cantora de que há coisas que podem ser evitadas a tempo.

Ela tinha certeza. Se não tinha, bebeu do mesmo jeito. Não um, mas dois goles.

"Meu nome é Mary Endaíra. Cantoras sempre têm nomes duplos, já reparou?"

A pergunta foi provavelmente deflagrada pelo impacto em dose dupla de uvas paraguaias destiladas que seu organismo acabava de absorver.

"Etta James", eu disse. "Alberta Hunter, Aretha Franklin."

"Marianne Faithfull, Jane Birkin, Debbie Harry, Chrissie Hynde", ela completou. "E o teu?"

"Bellini."

"Só isso?"

"Não sou cantor."

"Não imaginei que fosse. Você é o quê?"

"Advogado. De qualquer forma, não vamos precisar de um remo em Goiânia, vamos?"

"Remo?"

"Meu nome é Remo Bellini. Remo, o irmão fracassado do Rômulo."

"Os carinhas que mamavam na loba? Não sabia que um deles era mais fracassado que o outro. Acho os dois meio zoadinhos. Mas criaram uma cidade in-crí-vel. Você tem razão, não vamos precisar de um remo no lugar aonde estamos indo."

"Estamos indo pra algum lugar?"

"*Hey babe, take a walk on the wild side*", ela disse, naquela sua bizarra forma de dizer as coisas cantando, e caminhou na direção da porta do hotel.

Como Marlon me dera um prazo até a manhã do dia seguinte, tempo suficiente para que ele, Leo e Lisandro reunissem em espécie os cinco milhões de reais exigidos pelo resgate, resolvi aceitar a proposta. Eu não tinha mesmo o que fazer enquanto os irmãos Souza Brandão ligavam para o gerente do banco, e, como se o destino estivesse me enviando um sinal encorajador, pensei ter escutado ao longe, no momento em que Mary já se encontrava fora do hotel, aquelas crioulas cantando o coro em "Walk On The Wild Side", de Lou Reed: "*Tchu, tchuru, tchururu tchu, tchuru*".

Enquanto caminhava pelo tour sinistro, pensei que seria injusto responsabilizar o conhaque paraguaio por todo aquele nonsense. Os olhos azuis de Mary Endaíra também tinham sua parcela de responsabilidade.

E a minissaia, claro.

11.

"Aqui funcionava o ferro-velho pra onde os catadores trouxeram o Cesapan F-300", disse Mary, que agora apontava um terreno vazio. "Foi aqui que o aparelho foi aberto, e foi aqui que o dono do ferro-velho percebeu que o césio-137 emitia uma luz azulada quando as lâmpadas estavam apagadas."

"Podemos ser contaminados?", perguntei, balançando instintivamente a camisa, como se a suposta contaminação radiativa pudesse ser descartada como poeira.

"Relaxa. O perigo já passou há muito tempo. Isso aconteceu em 87. Eu era bebê." Ela se sentou no meio-fio. Tive um beatífico vislumbre de sua calcinha branca, que em nada lembrava a fralda de um bebê.

"Senta aí", ela disse.

"Prefiro ficar em pé mesmo."

"Senta aí!"

Sentei-me — não ouso questionar ordens de uma mulher determinada. De olhos azuis e botas de vaqueiro, ainda por cima. O aspecto ruim de sentar ao lado de Mary era que não podia mais observar de frente sua calcinha, que lembrava a casca de um grande e úmido caramujo branco. Não se pode ter tudo na vida. Ficamos olhando o terreno vazio. Havia um edifício muito alto sendo construído a alguns metros dali.

"O dono do ferro-velho ficou encantado com aquele pó que parecia sal e brilhava no escuro", ela disse.

Olhei fundo nos olhos de Mary para tentar entender o que o sujeito sentira ao olhar o césio-137.

"Por que você está me olhando desse jeito?"

"Acho que fui contaminado."

Ela riu, enquanto cantarolava *"don't stand, don't stand so close to me"*, e se não tivesse começado a falar em seguida, talvez eu a tivesse beijado. "Ele levou o pó pra casa. Logo que chegou, mandou a mulher desligar a televisão e apagar as luzes da sala. Ficaram olhando o brilho azulado. E então se beijaram."

"Como você sabe que eles se beijaram naquele dia?"

"Sei lá, intuição. Licença poética. Fiquei romântica de repente. Deve ser aquele conhaque que você me deu."

"Não dei nada. Você que pediu."

"Deixa de ser pragmático!", ela disse, e senti que tinha perdido a segunda chance de beijá-la (e ela, mais uma de ficar calada). Pragmático? Que bobagem. Será que Endaíra sabia o significado de *pragmático*? Ela não parava de falar. "Eu sei tudo sobre o caso! E não é difícil imaginar que pode ter pintado um clima entre marido e mulher com aquela luzinha azulada. Pelo que dizem, todos que foram expostos ao pó radiativo ficaram encantados com seu brilho. Foi por esse motivo que o casal logo chamou parentes e amigos para mostrar o sal mágico, que exibiam a todos como se tivessem encontrado areia lunar num terreno baldio. Algumas daquelas pessoas ganharam pequenas quantidades do pó, que o dono do ferro-velho distribuía como pérolas de um tesouro perdido. O irmão dele levou um punhado do pó pra casa e deu de presente para a filha de seis anos. A menina acabou jogando um pouco sobre uma fatia de pão, como se fosse açúcar, então comeu. Menos de um mês depois estava morta, vítima da contaminação pelo césio-137. Foi enterrada num caixão blindado com chumbo e conduzida até o túmulo por um guindaste, porque as taxas de radiação em seu corpo eram altíssimas. Nenhum coveiro quis se aproximar.

Teve briga na cidade, porque queriam que a menina fosse cremada para não contaminar o solo do cemitério."

A sirene de uma ambulância soou em algum lugar. Mary se levantou.

"Vamos?", disse, e saiu andando sem me esperar.

Levantei-me, um pouco incomodado com aquela história, e apressei o passo para caminhar ao seu lado.

"Pra onde?"

O clima romântico tinha se desfeito com a imagem do caixãozinho blindado da menina.

"Para o Estádio Olímpico Pedro Ludovico. Ou para o que sobrou dele", ela disse, tentando esboçar um meio sorriso.

O vento balançou os galhos de uma sibipiruna. Reparei que as raízes da árvore arrebentavam parte da calçada. Pensei em me mandar para o hotel, mas Mary voltou a falar: "Quando a menina morreu, a tia, mulher do dono do ferro-velho, já tinha morrido duas horas antes. Ela foi a primeira vítima fatal da contaminação, e foi também a heroína da história. Foi ela quem estranhou os vômitos e a diarreia que acometeram ao mesmo tempo tantos membros da família. Embora todos estivessem sendo medicados como se tivessem contraído algum tipo de doença contagiosa, a mulher desconfiou daquele pó que brilhava no escuro e, sem que o marido soubesse, levou uma quantidade da substância até a Vigilância Sanitária de Goiânia, para que fosse analisada. Mas você sabe como são as coisas no Brasil, ainda mais nos anos oitenta. A amostra do pó ficou esquecida durante dois dias na recepção da Vigilância Sanitária, largada em cima de uma cadeira. Só quando a mulher falou para os médicos que os vômitos e a diarreia tinham começado depois que seu marido desmontara aquele 'aparelho estranho' é que foi dado o alerta de contaminação por material altamente radiativo".

O dia começava a clarear.

Mais uma noite perdida em brumas alcoólicas e emanações de césio-137.

Ou seja: mais uma noite de sono inconstante trocada por papo furado e ilusões comezinhas. Nada com que eu não estivesse *muito* acostumado.

Entre uma ou outra dissertação sobre o acidente radiativo que marcara a cidade de Goiânia em meados da década de 1980, Mary encontrava tempo para me fazer perguntas sobre os motivos que levavam um advogado paulistano a ser flagrado bebendo conhaque no bar da recepção do Costa's Plaza. Dei uma desculpa genérica, alegando que estava na cidade a trabalho, defendendo um cliente local. Ela, no entanto, apesar de falar muito, não forneceu pistas convincentes dos motivos que levavam uma cantora chamada Mary Endaíra — um nome bastante estranho, no meu entender malsucedido ao tentar equilibrar uma referência americanizada, *Mary*, e um toque regionalista, *Endaíra* — a cantar "Mercedes Benz" *a capella* num bar de hotel em que, além das moscas, apenas um solitário hóspede se agarrava a uma garrafa de conhaque, como um náufrago enlaçado num tronco.

Andamos até um terreno cercado por tapumes.

O mato crescia lá dentro. Olhei por uma fresta e o que vi lembrou uma ruína romana depois de reformada por arquitetos goianos: um gramado malcuidado circundado por um muro irregular, formando um enorme retângulo em que despontavam aleatoriamente colunas altas iluminadas pelo sol nascente. Havia também uma grande construção inacabada, como um hangar abandonado. Provavelmente o conhaque paraguaio ainda estava influenciando minhas avaliações estéticas e arquitetônicas, mas o lugar me remeteu ao Palatino romano (nada muito surpreendente para um homem que se chama Remo e que perdeu ao nascer um irmão gêmeo que se chamaria Rômulo, com quem convivera por nove meses no útero materno).

"Você conhece as histórias sobre o Estádio Nacional do Chile durante os primeiros dias do golpe do Pinochet?", perguntou Mary de repente, e percebi que, assim como o conhaque me conduzira à Roma antiga, ao mesmo tempo remetera Mary à

Santiago do Chile da década de 1970. Mas o devaneio histórico e etílico não durou muito, pois o "Jesus, alegria dos homens" em versão dance de dona Sula arruinou qualquer enlevo que estivesse surgindo por ali.

"Alô?"

"Onde você está, porra?", perguntou Marlon Brandão.

Eu estava em Goiânia, e isso, por um instante, foi uma revelação.

"Dando uma caminhada", respondi.

"Isso é hora de caminhar?"

"Isso é hora de ligar?"

"Estou no saguão do hotel te esperando, Bellini. Eu, o Leo, o Lisandro e o Filadelfo. Com a grana. Vem logo pra cá", ele disse, e desligou.

12.

A Land Rover de Marlon avançava por uma estradinha de terra cercada por canaviais. Tive a impressão de que o carro se deslocava entre dois muros sem fim. Lá em cima, o sol brilhava sozinho num céu azul e sem nuvens.

"Estranho", disse Marlon, dirigindo e sem tirar os olhos da estrada, "eu e o Brandãozinho passamos nossa infância por aqui, cortando cana. Nunca pensei que voltaria a este lugar nesta situação."

"Gostaria que tivéssemos uma escolha", comentei, sentado no banco dianteiro, com os olhos hipnotizados pela estrada e lutando para mantê-los abertos. A pasta com o dinheiro se aninhava no meu colo como um gato morto.

"Não foi você que disse pra dispensar o Fila?"

"Claro. Nenhum sequestrador aceitaria uma escolta policial. A questão é que não sabemos o que está à nossa espera."

Sem diminuir a velocidade, Marlon abriu com a mão direita o porta-luvas para que eu avistasse o coldre de couro liso que envolvia o trinta e oito Smith & Wesson negro, com uma bela empunhadura de madrepérola.

"O sequestrador exigiu que eu fosse desarmado", eu disse, abrindo a jaqueta para que ele também observasse minha Beretta cromada tirando um cochilo no ninho.

"E você vai levar o berro?"

"Claro que não. Num sequestro, você obedece às ordens do sequestrador. Você vai cuidar da Beretta. Tome cuidado. Depois que minha mãe morreu, a Beretta é quem cuida de mim."

"Tô ligado. Fica tranquilo."

"Se precisarmos de uma ação rápida, Smith, Wesson e Beretta não estarão à disposição. Nem a cavalaria americana, a ambulância do SUS ou o helicóptero especial da Operação Lança de Netuno. De qualquer forma, seria impossível. Não se negocia com sequestradores com a SWAT a tiracolo."

"Sei lá, véio. Você é o especialista, não é?"

"Não sou especialista em porra nenhuma, Marlon. Não acredite em tudo que você ouve. Tudo bem. Se a gente precisar do Fila, ligamos pra ele."

"Você está meio inseguro ou é impressão?"

"Impressão."

"Um pouco pessimista?"

"Cauteloso."

"*Cauteloso* lembra cutelo. Sabe o que é um cutelo, Bellini?"

"Uma espécie de machado?"

"Parece um machado, mas o cabo é menor. Minha mãe usa um cutelinho pra cortar carne nos churrascos. Eu sou bom no cutelo. E na foice, na gadanha, no facão. Acho que sou melhor com a foice do que com a viola."

Marlon olhou para o lado por um instante. Depois prosseguiu: "Eu e o Brandãozinho cortamos muita cana desde moleques, ajudando meu pai. Uma vez ele se perdeu aqui mesmo, no meio de um desses canaviais. Isso aqui é um mundo sem fim de cana. Éramos molequinhos, mas mesmo assim ajudávamos meu pai no trabalho. Pobre não escolhe a hora de começar a trabalhar. Pegávamos no batente cedo, antes do sol nascer. Quando chegava a hora do almoço, já estávamos mortos de cansaço. Nesse dia, depois de comer a marmita feita pela dona Sula, meu pai e eu cochilamos um pouco e, quando acordamos, cadê o Brandãozinho? O capeta tinha sumido. Meu pai quase me bateu por eu ter caído no sono e deixado o moleque sozinho. Chamamos por ele, gritamos seu nome, Brandãozinho? Brandãozinho?, e nada. Meu pai ficou preocupado, ele sempre contava a história do seu Raul, um capiau do mato lá de Piracanjuba, terra do meu pai e da minha mãe. O seu Raul era velho, mas era duro que nem um caralho. Trabalhou a vida inteira cortando mato. Gostava de trabalhar sozinho, se embrenhava pelo canavial e só voltava no final do dia, carregando os fardos de cana. Uma vez ele se meteu tão fundo nas canas de uma fazenda que se perdeu. Quando encontraram o seu Raul, uma semana depois, já estava morto, fedendo que nem carniça, cheio de vermes cavucando a carcaça dele. Aliás, só encontraram o cadáver por causa do cheiro, graças aos urubus que infestavam o canavial. Dizem que o seu Raul tinha tomado muita pinga, por isso se perdeu lá dentro. Pode ser. Mas esses canaviais são como labirintos. Quilômetros e quilômetros de cana alta. Se você se embrenha lá no meio é difícil achar o caminho de volta, mesmo sem cachaça na moleira. A sorte do Brandãozinho é que a gente tinha um cachorro, o Davi, que acompanhava meu pai até no banheiro."

"Davi é um nome estranho para um cachorro."

"É por causa do Davi e do Golias. Pobre gosta de procurar nomes na Bíblia."

"Até nome de cachorro?"

"Você se acha muito diferente de um cachorro, Bellini?"

"Pergunta complexa, Marlon. Digamos que o suficiente para não andar de quatro nem me comunicar por latidos com os clientes, embora isso talvez facilitasse as coisas de vez em quando."

"Mas você não ia gostar do Davi se tivesse conhecido o bicho. Os desígnios do Divino são insondáveis. Era um vira-lata chato pra caramba, pentelho mesmo, desses que vivem rosnando e mostrando os dentes pra todo mundo. Uma merda de um cachorrinho metido a besta, antipático, mas que encarava até um tigre se precisasse. Corajoso. Depois de um tempo em que meu pai e eu ficamos chamando pelo Brandãozinho, o Davi começou a latir e a abanar o rabo. Meu pai mandou que eu esperasse ali, na clareira, pegou o facão e entrou no canavial seguindo o Davi. Uns quinze minutos depois eles apareceram de volta, o Brandãozinho berrando que nem um recém-nascido. Tinha até cagado na calça, de tanto medo que sentiu. Ficamos dois dias de castigo."

"Então o Brandãozinho, como o seu Raul, também foi encontrado pelo cheiro", eu disse.

"Só que vivo."

"O Davi ainda existe?"

"Não. Nem ele nem meu pai." Marlon voltou a olhar para o canavial por um instante. "Espero que o Brandãozinho *ainda* exista."

"O Brandãozinho está vivo", eu disse, embora não tivesse tanta certeza assim de que ele não se encontrasse naquele momento saboreando garapa divina nos canaviais celestiais com o seu Raul, o Davi e o próprio pai, além dos anjinhos de praxe. *Nós que aqui estamos por vós esperamos*, diz a placa na entrada de um cemitério que visitei uma vez.

Olhei para a estrada à frente. A monotonia da linha reta me dava sono. Eu deveria ter dormido em vez de ter aceitado o convite de Mary Endaíra para fazer o Tour Césio-137. Um pequeno arroto recendendo a conhaque paraguaio me subiu pela traqueia. Tour Césio-137. Que bobagem.

"Conhece uma cantora chamada Mary Endaíra?", perguntei.

"Mary o quê?", disse Marlon.

"Endaíra. Ela canta no bar do hotel."

"Não sabia que tinha música ao vivo naquele bar. Mary Endaíra?"

"Isso."

"Nunca ouvi falar. Me conta o que o sequestrador disse."

"Já te contei isso mil vezes."

"Conta de novo, caraio. Cê tá quase dormindo, Bellini. E que bafo de onça! Abre a janela, toma um vento na cara, véio. A tal da Mary Traíra te levou pra conhecer a night goianiense?"

"Mary Endaíra. Mais ou menos. Embarquei numa espécie de trem fantasma."

Abri a janela. Tomei um ventão na cara. Aquilo me deu mais sono.

"'Dez milhões de reais' foram as primeiras palavras do sequestrador. 'Notas não marcadas.' Depois ele disse: 'Amanhã, às dez horas, no Pontal da Coruja, na Fazenda Nossa Senhora Aparecida. O Marlon sabe onde fica. Quero ver o dinheiro'. 'E eu quero ver o Brandãozinho', eu disse. 'Calma', ele retrucou. 'Calminha. Primeiro a grana, depois o Brandonis.'"

"Ele falou *Brandonis*?"

"Falou."

"E *calminha*?"

"Sim."

"O que isso quer dizer?"

"Que ele é um engraçadinho. E que não está nervoso; pelo contrário, está se dando ao luxo de tirar onda com a minha cara."

"Você disse que ele era amador."

"E é. Um profissional não perderia tempo com piadinhas."

"Um profissional não chamaria o Brandão de *Brandonis*?"

"Provavelmente não."

"Nunca vi ninguém chamar o Brandão de Brandonis. Ele tem sotaque, o filho da puta?"

"Ele fala como você. Não é um sotaque muito definido."

"Como é o meu sotaque?"

"É uma mistura de paulista, carioca e mineiro. Com toques de alguma coisa indefinida que deve ser o DNA goiano do negócio."

"Isso não ajuda muito."

"Você quer saber se ele é goiano? Difícil dizer. O sotaque de vocês aqui varia de um caipira do interior de São Paulo até um caipira mineiro, passando por um leque de prosódias brasileiras. O sequestrador fala como um personagem de Guimarães Rosa? Não fala. Como um surfista carioca? Não. Como um feirante da Mooca? Também não. Fala como um personagem nordestino de novela? Não. Tampouco fala como um gaudério dos pampas. Fora isso, o cara pode ser de qualquer lugar do Brasil: paulista, gaúcho, catarinense, capixaba, carioca, potiguar..."

"Às vezes você parece uma bicha falando."

"Os iguais se reconhecem."

"O filho da puta pode não ser goiano, mas conhece a região. Ou não teria marcado o encontro no Pontal da Coruja."

"Ou está sendo orientado por alguém que conhece."

Marlon desviou os olhos da estrada e me encarou rapidamente.

"Quem? Você desconfia de alguém?"

"Não", respondi, embora desconfiasse. "Como poderia desconfiar? Não conheço ninguém aqui."

"Você conhece o Fila. E conheceu minha família. E minha empresária."

"Eu deveria ter algum motivo pra desconfiar de algum deles?"

"Claro que não."

"O Brandãozinho tinha algum desentendimento com alguém da família?"

"O Brandãozinho é o cara mais amado da família, Bellini. Um palhaço, no bom sentido. Brincalhão, sempre de bom humor, fazendo piada de tudo. Um amor de menino, generoso. Querido por todos. O único problema dele é a putaria."

"Ninguém é perfeito. Vocês se dão bem com o Leo e o Lisandro?"

"Claro, são nossos irmãos mais velhos. Eles administram nossos investimentos e nossa fazenda."

"Brigas por dinheiro?"

"De jeito nenhum."

"E a Eliane Bomfim?"

"Uma sapatona da porra, mas a melhor booker de shows do

Brasil. Fazemos mais de duzentos por ano. Como íamos nos desentender com uma pessoa tão competente?"

"Se ela estivesse roubando vocês, por exemplo."

"De vez em quando ela rouba uma das minhas namoradas, é verdade. Esquece. A Eliane é sapata, mas é honesta. Sem preconceito."

"Algum marido ou namorado traído não poderia estar querendo se vingar do Brandãozinho?"

"Marido de puta? O Brandão só come puta. Ele não é mulherengo, é putanheiro. Desiste, Bellini, o Brandãozinho foi sequestrado porque é rico."

"E a tua namorada?"

"A Maiara? Minha *noiva*. O que tem ela? Tá achando que sequestrou o Brandão?"

"Você disse que ela era sua quase noiva."

"Decidimos ficar noivos ontem, depois que você saiu do escritório."

"Obrigado. Fico lisonjeado de ter atuado como uma espécie de cupido."

"Tu é um filho da puta, Bellini."

"Entre outras coisas. E a Maiara é muito bonita."

"Imagine pelada, então."

Imaginei.

"E rica, véio", prosseguiu Marlon, enquanto eu tentava afugentar da cabeça a imagem de Maiara nua, para não me desconcentrar da conversa. "Riquíssima. Neta de fazendeiro e filha de bicheiro."

"Sem problemas de grana."

"Preciso dizer mais? Agora chega de papo furado."

"E o padre Pedro?"

"O que tem o padre Pedro?"

"Qual é a dele?"

"Porra, é um padre! Amigo da família há dois mil anos, desde que Jesus ressuscitou. Foi ele que me batizou."

"Jesus?"

Marlon dirigiu-me um olhar fulminante: "A história, Bellini".

"Onde eu tinha parado mesmo?"

"No momento em que o sequestrador disse 'Primeiro a grana, depois o Brandonis'. O que ele falou então?"

"Não foi ele, fui *eu* que falei. E salvei tua grana. Eu disse: 'Dez milhões nem pensar, pirou? O Marlon não tem como reunir toda essa grana em uma noite. Três, e olhe lá'. Daí ele disse que não fazia por menos de seis e acabamos fechando o negócio em cinco milhões. O que prova que ele *é* amador. Um profissional me mandaria passear e diria: 'São dez milhas ou amanhã o Brandãozinho vai amanhecer com formigas no rabo', ou algo do gênero."

"Vira essa boca pra lá!"

"O cara nem regateou. Economizei cinco milhões pra você."

"Obrigado por economizar meu dinheiro, mas o que importa pra mim é o Brandão voltar vivo pra casa."

"Pra mim também. Foi aí que eu disse que só levaria o dinheiro se ele me entregasse o Brandonis."

"Você falou *Brandonis*?"

"Quando você lida com ratos, tem de falar a língua dos ratos."

"Tô nervoso."

"Tente manter a calma."

"Como? Depois do desnaturado falar que a *mercadoria* só vai ser entregue mediante pagamento adiantado e que temos que confiar nele? Como se fosse possível confiar num filho da puta desse."

"Fique tranquilo. Avisei o rato que ele só vai sentir o cheiro do dinheiro se antes eu tiver uma prova inequívoca de que o Brandão está vivo."

"Acho estranho ele ter sugerido o descampadão do Pontal da Coruja como ponto de encontro, só ele e você, sem mais ninguém por perto. É um lugar ermo."

"Tudo é estranho num sequestro, Marlon. Um lugar público e movimentado pode ser tão perigoso quanto um descampado. O importante é que ele me pareceu disposto a negociar. O interesse do rato é a grana." Acariciei o gato morto no meu colo: "Se a grana estiver por perto, o Brandão também vai estar".

"Você acredita nisso?"

"Temos de acreditar."

"Sei não, véio."

"Sou um otimista, Marlon, embora não pareça. Até o fim do dia você vai ter o Brandãozinho de volta."

"Se Deus quiser."

Amém, pronunciei mentalmente, contando com a improvável ajuda divina para conseguir um voo para São Paulo ainda naquele dia, carregando um cheque transbordante no bolso.

"Ele não parece tão amador, no fim das contas", disse Marlon.

"Ele não parece um débil mental, e não é. Mas é amador, sim. Tanto é que se submeteu às minhas exigências. Um profissional faria questão de impor as regras. O cara é amador, mas não é louco. Está a fim da grana. Mas, depois que o Brandão voltar pra casa, você ainda vai reaver esse dinheiro", eu disse, fazendo esforço para acreditar nas minhas próprias palavras.

Marlon estacionou a Land Rover em frente a um casebre abandonado, a alguns metros de um poço desativado. Saímos do carro e entreguei a Marlon a pasta com o dinheiro. Entreguei também a minha Beretta, já que o sequestrador não se sentiria à vontade se eu aparecesse armado para a negociação.

"A pistola está travada, portanto não tente brincar de tiro ao alvo enquanto eu estiver fora", eu disse.

"Não se preocupe. Vou ficar rezando enquanto você estiver lá. Está com o celular?", ele perguntou.

"Só com o da tua mãe", mostrei o celular cor-de-rosa de dona Sula. "O meu ficou no hotel, como exigiu o sequestrador."

Marlon apontou um caminho estreito de terra batida que se estendia por uma pastagem pontilhada de formigueiros e cupinzeiros. "O Pontal da Coruja fica a mais ou menos um quilômetro, seguindo a trilha. Não tem erro, é só seguir a trilha."

Garanti que não sairia da trilha mesmo que ela me conduzisse ao inferno. Pedi que Marlon guardasse a pasta no poço desativado, como combináramos, e que aguardasse atento ao celular. Ele fez o sinal da cruz. "Deus nos proteja", disse, olhando para cima e erguendo as mãos abertas ao céu.

Olhei o relógio, 9h32. Segui caminhando pela trilha em direção ao Pontal da Coruja. Olhei para trás e acenei para Marlon. De longe, com aquele topete, ele lembrava um índio aculturado de filme americano.

13.

Um touro solitário pastava no capinzal. Ao perceber que eu me aproximava, parou de mastigar e olhou na minha direção. Ficamos um tempo estudando um ao outro. Achei o olhar do touro muito significativo e intimidador. Depois ele voltou a pastar, indiferente à minha presença e à baba que escorria da boca.

Da boca *dele*, não da minha.

Nessas horas você pensa em coisas estranhas.

Pensei no Minotauro, o intrigante ser de corpo humano e cabeça de touro que habita o labirinto de Creta. Eu agora estava em Creta, e não era mais o conhaque paraguaio que me deslocava no tempo e no espaço, mas o medo. Minhas pernas caminhavam vacilantes, bambeando um pouco. Eu temia o que pudesse acontecer em seguida. Falta de dinheiro é um problema, admito, mas será que estava valendo a pena me arriscar tanto? Lançar-me a um encontro cego com um sequestrador que me parecia, paradoxalmente, tão ineficiente quanto perigoso? Em nome de um cantor sertanejo que eu nem conhecia? Um rapaz que, como o irmão, não tinha na cabeça nada mais substancial que um chumaço de cabelo descolorido em forma de bagaço de cana?

Passei a maior parte da minha vida profissional vigiando casais em escapadas extraconjugais. Uma tarde excitante de trabalho, para mim, consistia em ficar horas parado diante de um motel, com uma câmera fotográfica na mão, atento à saída do carro que traria dois amantes exaustos depois de seguidas trepadas.

A vida de um detetive pode ser tão monótona quanto a de qualquer guarda-noturno.

É certo que o dinheiro do resgate estar a salvo num lugar desconhecido do sequestrador somado ao fato de eu me apresentar como o único elo entre a família do sequestrado e o sequestrador me garantiam um mínimo de segurança.

Mas eu não me sentia seguro.

Não que tenha vocação para Teseu, mas será que eu estava caminhando em direção ao centro do labirinto para enfrentar um monstro?

E então, como uma aparição sobrenatural, depois de vencer um pequeno aclive na trilha, eu vi o Minotauro. Ele estava sozinho no descampado, a uns duzentos metros de onde eu me encontrava, e disse: "Pode parar por aí mesmo".

Tudo bem, não era o Minotauro clássico, mas um homem com uma cabeça de touro usando jeans, tênis e camisa branca. Quer dizer, eu não estava usando meus óculos, e quando olhei melhor percebi que não era uma cabeça de touro, mas um prosaico saco de compras de papel, desses que se encontram em quitandas e mercearias, com dois furos na altura dos olhos. O homem o usava como uma máscara para não revelar sua identidade.

"Pode parar por aí mesmo", ele repetiu, e agora eu reconhecia o sotaque indefinido do sequestrador com quem falara na noite anterior.

"Parei", eu disse.

Ficamos em silêncio, observando-nos como dois caubóis num duelo. Ou como eu e o touro minutos antes. Entre nós se interpunham formigueiros e outras estranhas formas de arquitetura animal. Constatei que ali havia formigas suficientes para preencher não só a minha boca, como todos os meus orifícios anatômicos.

"Desarmado?"

"Pode me revistar", eu disse, levantando os braços enquanto dava uma volta completa.

"Confio em você."

"Confiança mútua é fundamental para qualquer relacionamento", concordei.

"Cadê a grana?"

"Num lugar seguro, muito próximo daqui, como combinado. Cadê a prova de que o Brandonis está vivo?"

"Gostou de *Brandonis*?"

"É original. E demonstra que você está relax."

"Você é cheio de onda, não?"

"Cadê o Brandonis?"

"Aqui", disse o Minotauro, acenando com um celular na mão.

"Peça pra ele ligar pro Marlon."

A operação durou algum tempo. Minotauro teclou no celular e em seguida levou o aparelho ao ouvido, virou de costas e falou baixo, para que eu não o escutasse. Falou bastante. Deduzi que, cumprindo o trato, ele se comunicava com algum comparsa, e autorizava que Brandãozinho ligasse em seguida para Marlon, como prova de que estava vivo. É claro que Minotauro poderia estar simulando a conversa, já que de onde eu estava não era possível observar com detalhes o que se passava, mas forjar um telefonema não seria muito produtivo naquele momento. Talvez ele não fosse tão incompetente quanto eu pensava. Depois desligou o celular, cruzou os braços e disse: "Vamos aguardar".

A pausa foi quase insuportável.

Ouvi cigarras e outros bichos que não sei discernir. Um mugido ao longe. Um mosca varejeira pousou na minha testa. Espantei-a com cuidado, com medo de que um movimento brusco pudesse quebrar o encanto bucólico e levasse Minotauro – Cabeça de Papel para os íntimos – a tomar atitudes precipitadas.

"Já imaginou se não houvesse cobertura de rede aqui?", ele disse, quase simpático, como o sujeito no barbeiro que puxa conversa com o vizinho de cadeira. "Estaríamos fodidos."

Quanto mais simpático ele ficava, mais desconfiado ficava eu. Estávamos igualmente tensos. Meu joelho tremeu um pouco. Aquele não era o momento para troca de gentilezas nem para conversas de salão. Não com alguém que cobria a cabeça com um saco de supermercado como se fosse a coisa mais natural do mundo.

"*Você* estaria fodido", eu disse. "Comunicação entre os celulares é a *sua* parte no trato."

"Não importa quem faz o quê. Estamos no mesmo barco, irmão. Se um se fode se fodem os dois."

Bach em sua melhor forma pagodeira invadiu o ar, abortando os dizeres meio autoajuda de Cabeça de Papel. O celular de dona Sula anunciava uma chamada de Marlon. Senti um arrepio na nuca. Nunca se sabe o que esperar em momentos assim.

"Alô?"

"Tudo certo", disse Marlon. Sua voz, embora eufórica, tinha um tom tranquilizador. "Falei com o Brandão, ele está legal, está tudo bem."

"Ele te ligou?"

"Sim."

"Número desconhecido?"

"Sim. Já rezei ao Senhor em agradecimento. E também já liguei pra dona Sula e pro Leo e pro Lisandro avisando que o Brandãozinho está vivo. Agora vamos acabar com essa palhaçada, quero ver meu irmãozinho."

"Marlon", eu disse, pronunciando as palavras com calma, como um político falando numa propaganda eleitoral gratuita, ou alguém tentando se comunicar com um débil mental, "você tem certeza absoluta de que foi com o Brandãozinho que acabou de falar?"

"Claro, véio! Conheço meu irmão! Além do mais, perguntei coisas que só ele poderia responder."

"Ótimo. Como aqueles operadores de banco? CPF, RG e data de nascimento?"

"Por aí."

"Por exemplo?"

"Por exemplo o quê, Bellini? Para de falar como veado, véio!"

"Você perguntou pra ele o nome do cachorrinho que o encontrou no canavial?"

"Essa é mole, muita gente conhece essa história. O Davi é quase uma figura pública em Goiânia, qualquer hora dessas vira estátua na praça."

"O que você perguntou, Marlon?"

"Por que você quer saber?"

"Eu sou o especialista, não sou?"

"Quer mesmo saber?"

"Quero."

"O que perguntei pro Brandão foi quantas pintas tem no meu pau. O que eu faço agora com o dinheiro?"

"Quantas?"

"O quê?"

"Já contou as notas? Quantas de cem?"

"Tá de sacanagem? Vai te catar, Bellini! São cinquenta mil notas de cem! Já conferi isso de madrugada, no banco, com meus irmãos."

"Perfeito", eu disse. "Espera eu te ligar de volta."

Desliguei.

Tudo parecia se encaminhar para o que se chama de um happy end. Dei uma relaxada rápida, com direito ao gracejo sobre a contagem das notas. Ufa. Mas, logo que desliguei, percebi que havia algo errado. Cabeça de Papel olhava para cima de um jeito nervoso, e um ruído estranho tomava forma, como uma tempestade que se aproxima. Mas o céu estava azul, sem nuvens. Era um helicóptero, que agora rugia como um furacão, baixando rapidamente. Aquilo não estava nos planos, certo? O helicóptero se aproximava, espalhando vento para todos os lados. Minotauro tirou uma arma de algum lugar e começou a correr. Apontou a arma para mim, depois para o helicóptero. Era óbvio que tinha sido apanhado de surpresa e estava desconcertado. Abriguei-me atrás de um cupinzeiro, por via das dúvidas. Eu também não esperava por aquilo. Acho que nesse momento Cabeça de Papel se descontrolou de vez, e, mesmo sem parar de correr, disparou um tiro na minha direção, que passou longe de mim e do cupinzeiro. Depois, atirou contra o helicóptero. Mas Minotauro definitivamente não era um grande atirador. Percebi que o saco de papel começou a esvoaçar de sua cabeça, e isso fez com que ficasse ainda mais tenso. Ele tentou desajeitadamente manter o rosto encoberto. E então alguém disparou um tiro do helicóptero, que já estava muito próximo do chão.

Minotauro tombou no gramado.

Alguns minutos se passariam até eu saber que o sequestrador tinha sido morto com um tiro certeiro na cabeça. Sua verdadeira identidade, revelada depois que tirei o saco de papel do rosto dele, me deixou chocado. Tive de olhar várias vezes para me certificar, mas o penteado ao estilo bagaço de cana não deixava nenhuma dúvida: era o Brandãozinho quem jazia ali no chão, um cadáver que sintetizava a sinistra união de sequestrado e sequestrador numa só pessoa. Antes disso, porém, intuí que entre o atirador de elite e o piloto que se acotovelavam na cabine do helicóptero da polícia militar de Goiânia — que acabara de pousar —, o delegado Filadelfo me endereçava através dos óculos escuros um de seus olhares ambíguos acompanhado de um sorriso quase imperceptível.

The wind cries Mary

1.

After all the jacks are in their boxes
And the clowns have all gone to bed...

Dizem que Jimmi Hendrix foi um guitarrista psicodélico, inovador do rock, cronista dos loucos anos 1960 e isso e aquilo. Para mim ele foi antes de tudo um tremendo de um bluesman. Jimmi Hendrix, Led Zeppelin... Você tira o blues desses caras e sobra o quê? Bonecos de cera da Madame Tussaud.

Aliás, eu também andava com uma aparência de boneco de cera. Reparei isso no espelho, de manhã. Fazia parte do acervo do museu de cera da Madame Lobo.

Blues, blues, blues. Estava afundado na merda até o pescoço e tinha um milhão de coisas mais importantes com que me preocupar, mas Mary não me saía da cabeça.

Mary Endaíra, que nome.

You can hear happiness staggering on down the streets
Footsteps dressed in red
And the wind whispers Mary...

Poderia simplesmente pegar o telefone e ligar para a recepção: Vocês tem o contato da Mary Endaíra? Ela vem cantar hoje à noite? A que horas Mary Endaíra chega ao hotel? Adorei o show dela na outra noite. É sempre assim, *a capella*? Ela não tem uma banda? Onde fica o camarim? O bar do Costa's Plaza tem camarim? Mas eu estava afundado demais na merda — ou na vodca — para conseguir fazer isso. Até o pescoço.

Minha aflição devia ter algo a ver com a calcinha branca da Endaíra, que lembrava a casca de um grande e úmido caramujo branco. De onde tirei a ideia? Grande e úmido caramujo branco? Nunca vi um caramujo branco. Grande e úmido, ainda por cima. Existe isso? Em Goiânia, talvez. Efeitos sinistros da radiação do césio-137. Blues, blues, blues (e a vodca). Senti uma ereção inoportuna se manifestando. E então ouvi o telefone num contraponto ao solo de Jimmi Hendrix. Afastei os headphones com um safanão. Ainda que estivesse dormindo, e não insone há três dias, aquele toque estridente teria me acordado. Odeio telefones.

"Alô?"

"Remo?"

Remo? Ou minha falecida progenitora, Lívia Bellini, me telefonava do Além ou eu experimentava uma espécie de ilusão auditiva. Ninguém me chama de Remo. Nem mesmo minha mãe chamava. Só quando estava brava comigo. Faria sentido. Não faltariam razões para Lívia Bellini estar furiosa naquele momento.

"Remo, tudo bem com você?"

A voz insistia naquele intrigante *Remo*. A lembrança de minha mãe pronunciando meu nome dissipou qualquer vestígio de ereção. Só mesmo uma mãe para ligar numa hora assim. Uma voz cavernosa de defunta: rouca, feminina e... morta. Bingo!

"Dora?"

2.

Desde que meus pais morreram – meu pai, alguns anos atrás, de um câncer na próstata; minha mãe, havia menos de um ano, de um infarto inclemente –, minha relação com Dora Lobo, minha chefe, responsável por minha estabilidade (e instabilidade) emocional, além, claro, de incumbida de assinar minha esquálida folha de pagamento, foi se deteriorando quando deveria ter se fortalecido.

Conheci Dora Lobo há muito tempo. Na época eu era um advogado cocainômano vagando como um fantasma por um casamento vazio como um iglu abandonado. Eu estava frustrado com a profissão, desempregado, e "Dark Was the Night, Cold Was the Ground" era minha música favorita (é até hoje, na verdade). A obra-prima da guitarra tocada com slide – um cilindro de vidro ou metal –, gravada em 1927 por Blind Willie Johnson, foi incluída num grupo seleto de canções e outras informações terrestres enviadas ao espaço em 1977 a bordo da sonda espacial *Voyager*, por representar a mais fiel expressão artística da solidão humana. Estudiosos afirmam que "Dark Was the Night" – uma canção instrumental, em cuja gravação original é possível ouvir apenas o violão de Blind Willie Johnson e seus grunhidos – se refere à crucificação de Cristo. O que me faz retomar o fio da meada de meu calvário particular: enquanto rastejava na busca cega pela salvação, Dora Lobo dirigia uma pequena agência de detetives, a Agência Lobo, que me atraiu mais pelo nome, Lobo, do que pelo fato de empregar detetives. Sendo um advogado, eu não me considerava um detetive, e tenho até hoje dificuldade em admitir que sou um, pois a profissão sempre me pareceu um tanto deslocada da realidade, inverossímil, quase constrangedora, como um sujeito que se apresenta numa roda dizendo que é caubói. Caubóis e detetives, na minha imaginação, só existiam em filmes dublados na TV, livrinhos baratos e histórias em quadrinhos. Mas o fato é que existem muitos detetives profissionais brasileiros, e, para meu espanto, inúmeros caubóis tupiniquins atuando em rodeios e feiras agrícolas país afora.

Ou seja, há gosto – e argumento – para tudo.

Quem poderia prever que a *salvação* se apresentaria na forma de uma agência de detetives? Nem o próprio Blind Willie Johnson. A vida é estranha, definitivamente.

A profissão de detetive funcionou como uma boia para um afogado. Agarrei-me nela e não me afastei pelos vinte e cinco anos seguintes. Durante esse quarto de século Dora Lobo cumpriu com eficiência as funções de dublê de pai, mãe, chefe e amiga. Só não cumpriu as funções de dublê de esposa porque, bem, coroas virilizadas não fazem exatamente o *meu* tipo.

O tempo passou por mim – ou eu passei por ele – sem maiores danos ou consequências trágicas, além das usuais rugas, perda de memória, queda de cabelo, ganho de peso e depressões variadas, até que, nos últimos meses, quando eu dava por assimilada a morte de meus pais, um enfisema devastador obrigou Dora Lobo a se aposentar e mudar-se para Bauru, para a casa de uma irmã, Dulce Lobo, solteira e solitária como ela. Apesar do mau humor com que se tratam, a irmã tem ajudado o velho Lobo hermafrodita a enfrentar com dignidade o padecimento e as terríveis crises de falta de ar.

Depois que Dora se mudou, nossos contatos – assim como os contratos profissionais – escassearam. Da mesma maneira que eu agira em relação à minha mãe quando se intensificaram os sinais de sua senilidade, fui me distanciando aos poucos da ex-patroa e amiga, incapaz de fazer visitas frequentes e até de telefonar de vez em quando. Sinto que se ressentiu da minha atitude, e, nas poucas vezes em que me lembrei de ligar – geralmente em fins de noite em que a bebida em excesso ativou involuntariamente meus mecanismos de culpa –, Dora se mostrou mal-humorada e evasiva.

Talvez eu esteja exagerando e o mau humor se deva simplesmente ao fato de não poder mais fumar suas cigarrilhas mentoladas Tiparillo. Não se pode negar esse aspecto cruel da vida, que impede certas pessoas, em determinada idade, de fumar cigarrilhas mentoladas Tiparillo.

3.

"Dora?", repeti, já que minha interlocutora calara-se do outro lado da linha, fosse esse lugar o Além ou Bauru.

"Não, é a Nair Bello, puta que o pariu! Claro que sou eu. Por que não atende o celular? Tive que te procurar pelos hotéis de Goiânia."

"Meu celular desapareceu."

"Desapareceu? Ou foi confiscado pela polícia?"

"Antes tivesse sido. Sumiu do meu quarto depois que... bem, é uma história longa."

"Por que você não me ligou? Andou bebendo? Conheço esse tom de voz."

"Dora, estou numa confusão dos infernos."

"Eu sei. Tenho lido os jornais. Você devia ter me ligado antes de se meter nela... e antes de perder o celular!"

Nesse momento Dora começou a emitir sons agudos e aflitivos, acometida de uma horrenda crise de falta de ar, que soava como se os umbrais da morte abrissem ruidosamente suas pesadas portas de ferro para que Dora Lobo não perdesse tempo tocando a campainha.

"... áááá..."

"Dora? Tudo bem aí?"

"Bellini?", presumi que Dulce Lobo assumia o telefone enquanto Dora digladiava com seus pulmões para conseguir um pouco de oxigênio. "Um momento...", disse Dulce, cuja voz era quase idêntica à da irmã – um pouco menos apocalíptica e muito mais caipira –, mas ela não teve tempo de terminar a frase, pois Dora, como era de seu feitio, já reassumia a posse do telefone e o controle da situação.

"Por que você aceitou esse caso sem me consultar, Bellini?"

Opa! Deixei de ser *Remo* e voltei a ser *Bellini*. As coisas iam entrando nos eixos. Ao contrário de minha mãe, Dora Lobo só me chamava de *Remo* nos raríssimos momentos de carinho e ternura. Aqueles que, quando aconteciam, duravam no máximo vinte segundos. Agora, sim, inflada de fúria e fazendo vibrar seu pulmão combalido, ao me chamar de *Bellini*, Dora voltava a ser o velho Lobo rabugento de sempre.

"Não quis te incomodar, Dora, você está se recuperando de uma doença."

"Eu não estou me *recuperando* de porra nenhuma. Não existe recuperação. Essa doença não tem cura. Enfisema, nunca ouviu falar? Ninguém se recupera disso. Então você vai intermediar um sequestro em que o sequestrado acaba morto, porque era também o sequestrador, e é implicado no crime?"

"Não foi bem assim, sabe como são esses jornalistas."

Dora não conseguiu ouvir minhas balbuciações até o fim. A falta de ar voltou mais intensa, e Dulce Lobo teve de pegar novamente o telefone e me dizer, com seu sotaque carregado nos *erres*, que a conv*érr*sa teria de ser adiada, pois Dora necessitava com urgência de seus broncodilatadores. Antes de desligar, pedi que Dulce me mantivesse informado do estado de saúde da irmã. Garanti que ligaria mais tarde para terminar minhas explicações. O que me dava tempo para inventar alguma plausível. Peguei os headphones e voltei a Jimmi Hendrix.

Will the wind ever remember
The names it has blown in the past...

Eu estava preso naquele quarto de hotel e na garrafa de Smirnoff, como um desses navios decorativos que existem dentro de garrafas vazias. Precisava dormir um pouco e queria encontrar Mary Endaíra. Precisava também comprar um celular novo. Dormindo, não conseguiria encontrar Endaíra nem comprar um celular. Bebendo também não. E assim caí num círculo vicioso que me imobilizava e me deixava insone e desarticulado. Precisava explicar para Dora Lobo como me metera naquela confusão. Mas antes de tudo tinha de entender o que acontecera.

Para começar, era preciso assumir meus erros.

Erro número um: ter aceitado intermediar um sequestro, algo em que eu não tinha experiência.

Erro número dois: ter aceitado intermediar um sequestro em Goiânia, uma cidade em que eu não conhecia ninguém. Ou conhecia, sem me lembrar de onde, o tal do delegado Filadelfo.

O que me remetia ao erro número três: eu devia ter investigado o Filadelfo. Mesmo que na minha própria memória. O sujeito diz que me conhece e me recomenda ao Marlon dizendo que sou uma autoridade em sequestros. O que é isso? Uma piada?

Não. Infelizmente.

O que me catapulta ao erro número quatro: ter tratado tudo como uma piada.

And the wind cries Mary...

De repente, tomei coragem, livrei-me dos headphones, peguei o telefone e liguei para a recepção: "Por favor, vocês podem me mandar o jornal de hoje?".

Sim, a única atitude possível, o destino final dos conformistas distraídos: o horóscopo.

4.

Há uma enorme diferença entre conformar-se e compreender.

O que os astros queriam me dizer com aquilo? Que eu precisava deixar de me sentir como o personagem de Martin Sheen no início de *Apocalipse Now*, aquele maluco drogado e bêbado que se contorce em delírios trancado numa espelunca no Vietnã, em plena guerra, sob o giro monótono e ineficiente das pás de um ventilador de teto?

Encare os fatos, Bellini.

Lavei o rosto, joguei o resto da vodca na privada e abri a janela. O vento ainda chamava por Mary, mas eu não tinha mais nada a ver com isso. Deixei o horóscopo de lado, respirei fundo e encarei a primeira página do jornal.

Que os jornais de Goiânia expusessem em suas primeiras páginas havia três dias consecutivos notícias relacionadas à morte de Montgomery de Souza Brandão era compreensível (pergunto-me se Marlon e Montgomery não seria um nome mais adequado para uma dupla sertaneja do que Marlon e Brandão). O problema é que as notícias – com as inevitáveis fotos do concorrido enterro – estavam em todos os jornais, telejornais, celulares e computadores do Brasil.

Não era para menos. Tratava-se de um escândalo e tanto:

Montgomery Brandão, o Brandão da dupla sertaneja Marlon e Brandão, conhecido por amigos e familiares como Brandãozinho, aparentemente forjara o próprio sequestro e fora surpreendido pela polícia, que o confundira com o sequestrador, já que o cantor usava uma máscara no momento do pagamento do resgate, então fora atingido na cabeça por projétil disparado por um atirador de elite posicionado num helicóptero, não resistindo ao ferimento. Os policiais afirmaram que não tinham intenção de atirar, mas o cantor começou a disparar contra o helicóptero e ao atirador não sobrou outra alternativa senão revidar, visando à própria proteção e à dos companheiros. Embora a polícia estivesse afastada das negociações a pedido da família, a ação se explicava por uma mensagem enviada pelo investigador privado Remo Bellini ao delegado Filadelfo Menezes pedindo ajuda e reforços. O investigador, contratado por familiares, negociava com o suposto sequestrador e alegou não ter enviado a mensagem nem estar com o celular no momento em que ela foi enviada, já que o aparelho permanecera no hotel enquanto ele e Marlon Brandão, irmão de Montgomery, se encontravam no local indicado para a negociação, numa fazenda próxima de Goiânia. As razões que teriam levado Brandãozinho a simular o próprio sequestro ainda eram desconhecidas, e não se sabia se houvera participação de cúmplices. A polícia seguia investigando o crime. O investigador, que residia em São Paulo, fora convidado pelo Departamento de Homicídios da Polícia de Goiás a permanecer na cidade até que a situação fosse esclarecida.

Eram essas, em linhas gerais, as notícias sobre o crime.

Mas as coisas nunca são como aparecem nos jornais. A parte que mais me divertia era aquela que dizia que eu fora *convidado* pela polícia a permanecer em Goiânia até que tudo se esclarecesse.

E desde quando a polícia *convida* alguém para alguma coisa?

Regras de etiqueta e cerimônia não são exatamente praxe em ambientes refinados como delegacias, cadeias, becos escuros e porta-malas de viaturas policiais. Na verdade, eles tentaram me intimar judicialmente, mas não havia base legal para isso. Eu poderia, e talvez devesse, ter voltado para São Paulo. Mas decidi ficar, pois precisava entender o que acontecera e, principalmente, saber por que eu fora envolvido na situação.

Mas estava difícil reagir.

Principalmente com todos aqueles jornalistas lá embaixo, na recepção do hotel. E a vodca. Sem mencionar as matérias e cenas do enterro que não paravam de aparecer na TV e nos jornais: fãs, familiares e amigos — entre os quais se encontravam as mais famosas duplas sertanejas em atividade no Brasil, como Zezé de Camargo e Luciano, Chitãozinho e Xororó, Bruno e Marrone, Victor e Leo, Fernando e Sorocaba, Edson e Hudson, Jorge e Mateus — formavam uma multidão compacta, na qual se destacava dona Sula gritando histericamente à beira do sepulcro do filho querido, enquanto o padre Pedro, que usava uma surpreendente argolinha na orelha esquerda, encomendava a alma de Brandãozinho aos céus clamando aos presentes que entoassem juntos uma famosa canção da dupla, cujo refrão dizia: *Teu sorriso não vai se apagar, na lembrança de quem só fez te amar.*

Entretanto, nem tudo era histeria coletiva e péssimas notícias. Marlon Brandão continuava a acreditar em mim, e isso me parecia surpreendente. Nos jornais eu era ora chamado de detetive trapalhão, ora de detetive suspeito. Nenhuma das duas definições me renderia o troféu Sherlock Holmes do ano. Nem dilataria o já diminuto número de clientes da Agência Lobo de Detetives. Tampouco ajudaria a formar filas de familiares de sequestrados nas calçadas da avenida São Luiz, nos entornos do edifício Itália, onde funciona nosso escritório. Com certeza faria aumentar a incidência de gargalhadas e esgares de satisfação em celas de prisão e salas de investigadores de algumas delegacias de São Paulo. Apesar de tudo, Marlon seguia confiando em mim. Chegou a dizer que contrataria um advogado para me defender, se necessário. Respondi que eu era meu próprio advogado, e garanti que não cobraria nada de mim mesmo (ele tentou esboçar um sorriso diante da piada sofrível).

A insistência dos jornais em dizer que eu *alegara* ter deixado meu celular no hotel era capciosa. Minha afirmação ia além dos limites da interpretação do verbo ambíguo conjugado no esquizofrênico pretérito mais-que-perfeito: eu não *alegara*, eu *garantira* que não levara o celular comigo (o verbo *alegar*, em qualquer de suas acepções, sempre implica *defesa* ou *justificativa* de algum ato. Já *garantir* explicita sempre uma *asseguração*).

Para minha sorte, Marlon optou por seguir minha tese, corroborada por Aurélio Buarque de Holanda e Antônio Houaiss: eu *garantira*, e não *alegara*, que deixara o celular no hotel antes de me dirigir à Fazenda Nossa Senhora Aparecida.

Eu poderia estar mentindo, claro. Teria sido fácil ter mantido meu celular escondido de Marlon durante o trajeto até a fazenda e ter enviado a mensagem para Filadelfo enquanto caminhava sozinho em direção ao Pontal da Coruja. Afinal de contas, não fui revistado por Filadelfo, nem por outro policial, nos momentos tensos que se sucederam à morte de Brandãozinho naquele descampado, embora tivesse insistido para que me revistassem e tenha revirado, aos olhos de todos, os bolsos da calça e da jaqueta, provando que só levava comigo o celular cor-de-rosa de dona Sula (ainda assim isso não provava nada: eu poderia ter descartado meu próprio celular em algum lugar do pasto).

No fim daquela tarde, quando voltei ao hotel depois dos terríveis acontecimentos, logo que abri a porta do meu quarto, constatei que meu celular fora surrupiado do criado-mudo, onde eu o deixara recarregando. Também tinham levado o carregador. Eu já esperava por isso.

No entanto, mais do que qualquer outra evidência, foi ali no descampado do Pontal da Coruja, ao final da trágica sequência de ações inesperadas, que se deu a maior prova de que eu não enviara aquela mensagem, enquanto Marlon chorava ao lado do corpo do irmão morto e perguntava "por quê?" a um Filadel-

fo trêmulo, que apresentou como resposta a mensagem em seu celular: *mande ajuda e reforços pontal da coruja fazenda nossa senhora aparecida. naun dou conta sozinho. belini.*
naun? belini?
Mesmo sem óculos eu jamais redigiria tais boçalidades.

5.

No entanto, havia pontos intrigantes na análise da situação. E eles iam muito além do Bellini digitado com *bê* minúsculo e um *éle* solitário na mensagem enviada a Filadelfo (desconsidero propositalmente o proibitivo e constrangedor *naun*).

A mensagem foi de fato enviada do meu celular, e esse era o ponto intrigante número um. Alguém que já sabia da exigência do sequestrador para que eu deixasse meu celular no hotel invadira meu quarto no Costa's Plaza enquanto eu estava com Marlon na Fazenda Nossa Senhora Aparecida. Essa pessoa, que entrara e saíra sem deixar rastros ou impressões digitais — a polícia ainda investigava as gravações dos circuitos internos de segurança —, enviara a mensagem do meu celular para o de Filadelfo e depois provavelmente se desfizera do aparelho.

Com que intuito fizera isso?

Teria essa pessoa alguma relação com Brandãozinho?

Estaria ela mancomunada com o delegado Filadelfo?

Esse era o ponto intrigante número dois: eu desconfiava que Filadelfo estava de alguma forma envolvido na situação. Mesmo que ele tivesse, como alegara em seu depoimento, inocentemente respondido ao meu pedido de reforço, por que ordenara que o atirador disparasse contra a patética e inofensiva figura que tentava manter um saco de papel preso à cabeça enquanto corria desorientada e atirava a esmo?

Supondo que aquele fosse mesmo o sequestrador, como todos supúnhamos naquele momento, teria sido um contrassenso atingi-lo, pois colocaria em risco a segurança do sequestrado.

Será que só a incompetência e o atabalhoamento de Filadelfo explicariam a desastrada ação policial?

E, ainda que Filadelfo fosse de fato um cúmplice de Brandãozinho no crime, por que descartaria o comparsa antes de botar a mão no dinheiro do resgate?

O dinheiro do resgate não era o objetivo final de um sequestro?

Obviamente não revelei nenhuma dessas dúvidas em meu depoimento ao delegado Vieira, do Departamento de Homicídios de Goiânia, um rapagote de trinta anos metido a gente grande, responsável pela investigação da morte de Brandãozinho. Se Filadelfo participou ou não da farsa do sequestro era algo que eu teria de descobrir sozinho.

O que me fazia lembrar que eu teria de descobrir *quem era* Filadelfo e por que ele afirmava me conhecer, embora não tivesse respondido ainda de onde me conhecia.

Eu simplesmente não me lembrava dele, mas isso não queria dizer nada: minha memória andava uma merda havia anos.

O ponto intrigante número três era o que mais movimentava os questionamentos da mídia e as investigações da polícia, embora os resultados fossem ainda nulos: por que Brandãozinho simulara o próprio sequestro?

O toque do telefone do hotel se intrometeu nos meus pensamentos.

Ele não era rico?, continuei me questionando, apesar do ruído insuportável que emanava do aparelho. A resposta viria em seguida, depois que atendi ao telefonema.

"Marlon?"

"Precisamos conversar, Bellini."

"Fala."

"Pessoalmente."

"Quer vir até aqui?"

"Não com todos esses urubus da imprensa acampados na recepção do hotel. Não quero criar mais especulações, sabe como é? Já posso ver as manchetes: *Marlon Brandão se reúne com detetive suspeito.*"

"Ou com detetive *trapalhão*, dependendo do estado de espírito do redator incumbido de redigir a manchete. Quer que eu vá até aí?"

"Em casa? Tem um monte de outros urubus aglomerados nos entornos do condomínio. Sem contar os que estão entrincheirados na frente do nosso escritório."

"Fora os que com certeza me seguiriam desde o hotel."

"Alguma sugestão?"

"Podemos nos encontrar num lugar neutro. De madrugada a guarda deve baixar. Tenho experiência suficiente pra conseguir sair do hotel sem ser visto."

"Ele estava duro, Bellini."

"Quem?"

"O Brandãozinho. Ele estava sem um puto no banco."

6.

Lembro-me de ela ter falado alguma coisa sobre o Estádio Nacional do Chile nos primeiros dias do golpe do Pinochet. Sei que isso soava fora de contexto no momento, mas foi no que pensei quando me aproximei do que já fora um dia o Estádio Olímpico Pedro Ludovico. Mary Endaíra, quando chegamos àquele mesmo lugar alguns dias antes – às ruínas e ao matagal que me lembraram do palatino romano –, disse alguma coisa sobre o Estádio Nacional do Chile, que serviu como uma prisão nos dias que se seguiram ao golpe militar chileno. Ela provavelmente fazia uma analogia do estádio chileno com aquele terreno desolado, o que restara do Estádio Olímpico Pedro Ludovico, que serviu de abrigo às vítimas do césio-137 em 1987, nos primeiros dias depois que a contaminação pelo material radiativo foi detectada pelos órgãos de saúde da cidade. As autoridades, preocupadas em mascarar os terríveis efeitos da contaminação, improvisaram uma duvidosa triagem e concentraram as pessoas contaminadas naquele estádio, não se sabe com que propósito, já que com certeza as vítimas estariam mais seguras e mais bem assistidas se tivessem sido encaminhadas para hospitais. Anos mais tarde, o estádio foi destruído para que ali se construísse um centro esportivo que nunca saiu do papel, à exceção do enorme galpão, ou hangar, abandonado.

Agora, na madrugada, só o vento e o cricrilar dos grilos podiam ser ouvidos num lugar que já reverberara lamúrias e aflição. Era bom não dispor mais de um aparelho celular, mesmo que temporariamente. Cada ruído soava como uma revelação.

O ronco de uma motocicleta, por exemplo.

Notei que dois cavaleiros metálicos se aproximavam, um dirigindo a moto e o outro agarrado ao piloto na garupa, ambos vestidos de negro. Não eram propriamente armaduras o que eles vestiam, mas macacões reluzentes de plástico ou couro. Senti o calor da Beretta no peito e fiquei alerta. Quando o cavaleiro do futuro tirou o capacete (também negro e reluzente, como o capacete de um samurai moderno ou o de um anacrônico soldado da SS nazista), depois de estacionar a moto, me saudou com o sotaque inconfundível: "Fala, véio".

Não via Marlon pessoalmente desde o dia em que seu irmão morrera. Ele parecia um pouco abatido. Como eu, agora teria de conviver para sempre com um irmão fantasma.

"Como vão as coisas?", eu disse.

Maiara, a noiva de Marlon, tirou o capacete, mas permaneceu montada na garupa, etérea, mirando a abóboda celeste, como se frequentasse o planeta Terra por puro acaso.

"Indo."

Ele olhou para os lados, analisando o terreno. Tentei cumprimentar Maiara, mas ela só tinha olhos para a Via Láctea.

"Puta que o pariu, Bellini, como você conhece este lugar?"

"Sei tudo sobre o caso do césio-137."

"Foi aqui que eles amontoaram os suspeitos de contaminação. Meus pais sempre contavam essa história. Conheço gente que passou por aqui. Alguns já morreram. Por que marcar um encontro num lugar tão macabro?"

"Não conheço muitos lugares em Goiânia, fora o circuito do césio-137."

"Tô ligado. Mary Traíra, a cantora misteriosa. O trem fantasma. Tour Césio-137. Você já me falou sobre isso. Que mau gosto da porra."

"Mary Endaíra. Isso mesmo, minhas férias inesquecíveis em Cesioland. Tem certeza de que não conhece mesmo a Mary Endaíra?"

"Absoluta." Ele se dirigiu a Maiara: "Amor, conhece uma cantora chamada Mary..."

"Endaíra", ajudei.

"Quem?"

"Mary Endaíra. Canta no Costa's."

Maiara fez que não com a cabeça e voltou a contemplar algum evento a milhões de anos-luz dali, sobre sua cabeça.

"Descobrimos que o Brandãozinho estava duro", disse Marlon.

"Quem descobriu?"

"Eu, o Leo e o Lisandro. O gerente do banco entregou tudo."

"O Brandãozinho estava sendo roubado?"

"Não. Ele fazia os descontos pessoalmente. Grandes quantias de dinheiro."

"Por que o gerente não avisou vocês antes?"

"O Brandãozinho já era maior de idade. Além disso, ele pedia ao gerente que não comentasse nada comigo nem com nossos irmãos. Dizia que eram gastos com putaria. Haja putaria."

"Você me disse que o Leo e o Lisandro cuidavam das finanças de vocês dois."

"E cuidam. Temos várias contas conjuntas e aplicações financeiras. Essas contas são usadas pra pagar gastos da dupla, custos da empresa e da fazenda, e são administradas pelo Leo e pelo Lisandro. Mas, além dessas, temos nossas contas pessoais, que cada um administrava sozinho."

"Então o Brandãozinho não estava duro."

"Duro, duro, não estava. Mas se fosse querer mexer no dinheiro conjunto, teria de se explicar pra mim, pro Leo e pro Lisandro. Por isso ele rapou o que tinha na conta individual. E por isso, provavelmente, foi que armou o próprio sequestro."

"Você acredita nessa teoria de gastos com putaria?"

"Claro que não, Bellini! Ele torrou mais de seis milhões em

menos de cinco meses. Tava fazendo suruba com quem? Com a rainha da Inglaterra? Meu irmão adorava comer baranga de beira de estrada, véio. Com trezentos reais ele fazia uma festa da porra."

"Você tem certeza de que, tirando as putas, o Brandão não tinha nenhum outro vício? Jogo? Briga de galo?"

"Galo de ouro? Se liga, Bellini. Seis milhões de reais em cinco meses! Eu não entendo."

"Seu irmão estava sendo chantageado", eu disse.

"Por quê? Por quem?"

"Já avisou a polícia?"

"Não confio na polícia. Por isso te chamei pra essa conversa. Quero contratar você pra descobrir isso pra mim."

"Não estou em condições de aceitar um trabalho."

"Deixa disso."

"E o Fila?"

"O Fila está zoado. Bolado com a morte do Brandão. Não dá pra contar com ele agora."

"Descobrir o que exatamente?"

"Descobrir o que o Brandãozinho andava aprontando, Bellini."

Por um momento Maiara se desconectou do infinito e me dirigiu um olhar.

7.

Cheguei ao Costa's Plaza às quatro da manhã.
Mas isso não justifica o absurdo do meu diálogo com o recepcionista do hotel.
"Teve show da Mary Endaíra hoje?", perguntei.
"Show de quem?"
"Mary Endaíra. Assisti a um show dela aqui outro dia. Quero dizer, outra noite."
"Aqui no hotel?"
"Aqui mesmo."
"O senhor deve estar enganado. Não temos shows aqui."
"Como não?" Apontei para o pequeno palco no canto do bar.
"Aquele palco é usado nas reuniões semanais do Rotary Club. E no bingo que organizamos de vez em quando para arrecadar fundos para a AVC-137."
"AVC-137?"
"Associação das Vítimas do Césio-137."
Antes que eu pudesse dizer qualquer coisa, percebi uma movimentação na porta do hotel. Alguém da imprensa tinha me descoberto e fizera soar o alarme. Agradeci o recepcionista e subi correndo para o quarto. Não lembro no que exatamente eu pensava no elevador, abalado com as últimas revelações e já sentindo um leve tremor nas mãos — que eu não sabia se com-

putava ao cansaço, ao estresse ou ao alcoolismo –, quando tive pela segunda vez a sensação de que caminhava em direção ao labirinto. A primeira fora na Fazenda Nossa Senhora Aparecida, a caminho do Pontal da Coruja para meu encontro malfadado com o sequestrador sequestrado.

O labirinto pode tomar muitas formas, é verdade.

Logo que abri a porta, ainda intrigado com a declaração do recepcionista do hotel, que afirmara não haver shows de música no bar do lobby – o que transformava Mary Endaíra numa alucinação –, corri para o frigobar ansioso por uma garrafinha de vodca.

Percurso número um do labirinto: não havia mais garrafas de vodca (nem de uísque) à disposição. O que talvez tenha sido uma sorte. Pensei em pegar uma cerveja, mas dentro da geladeira só havia água mineral. Eu já tinha bebido todas as cervejas. Percurso errado!

Dispensei a água e corri até a janela em busca de ar.

Percurso número dois do labirinto: ao abrir a janela e botar a cabeça para fora na esperança de inspirar o ar revigorante da madrugada goianiense, percebi que os jornalistas lá embaixo continuavam a postos na calçada, e um deles – ou dois, ou três – fez menção de tirar uma foto que me flagrava em pleno ato de respirar. Percurso errado!

Quando você não tem privacidade nem para uma prosaica respirada, convém checar como está o banheiro.

Fechei a janela e corri para lá.

Mais do que a vodca, ou o ar puro, um banho morno me faria bem.

Percurso número três do labirinto: tirei a roupa e liguei o chuveiro. Enquanto a água esquentava fiquei me olhando no espelho. De um boneco de cera eu me transformava num boneco de cristal. Pronto para quebrar. Uma camada de vapor cobriu o espelho impossibilitando a visão de mim mesmo. Escrevi com o dedo no vapor sobre o vidro: Mary Endaíra. Fiquei olhando o nome por alguns segundos. Depois entrei no banho e o jato contínuo de água morna na nuca me fez bem. Consegui esquecer meus problemas por alguns instantes. Quando saí do chuveiro, uma névoa de ar quente envolvia o banheiro. Abri um pouco a porta para desanuviar o ambiente. Enquanto me enxugava fiquei olhando minha imagem no espelho atrás da porta. Não que a visão do meu corpo despertasse em mim qualquer emoção especial além do desânimo. É que não havia nada mais interessante para olhar. No ângulo em que estava, o espelho da porta refletia também o espelho principal do banheiro, o que possibilitava a visão do meu corpo nu por trás. O que era ainda mais desanimador. E então notei o nome de Mary Endaíra escrito no espelho. Dali, eu lia as palavras invertidas. Precisei olhar duas vezes antes de entender e acreditar no que via: ENDAIRA ao contrário é ARIADNE.

Percurso certo?

Ariadne.

Que tipo de peça minha mente estava me pregando?

Não podia ser coincidência.

Será que eu era disléxico e não sabia?

Ariadne, a filha do rei Minos de Creta, que, apaixonada por Teseu, lhe entrega uma espada e um novelo de linha que possibilita que escape do labirinto de Dédalo depois de matar o Minotauro. O fio de Ariadne. A história estava ficando confusa. E eu não tinha comigo nenhum fio de Ariadne para me ajudar a escapar do labirinto. Nem mesmo um oif de Endaíra eu tinha. Talvez estivesse enlouquecendo. Acontece. Urgia diminuir drasticamente o consumo de álcool. Eu tinha muita coisa para fazer no dia seguinte. Bebi um pouco d'água e deitei, mas não consegui dormir.

8.

O puteiro ficava entre Anápolis e Abadiânia. E não era tão chinfrim quanto Marlon tinha feito parecer. Estacionei o Gol que ele me emprestara — provavelmente o carro de sua manicure, já que os irmãos Souza Brandão eram todos proprietários de veículos importados que mais lembravam tanques de guerra — e caminhei até a porta da casa de dois andares, numa rua próxima da BR-060, que liga Brasília a Goiânia. Era uma casa discreta, com muro baixo. Toquei a campainha ao lado do portão e aguardei. Uma moça abriu a porta e disse: "Pode entrar". Na sala, a cafetina me recepcionou. Era uma mulher gorda, já beirando os cinquenta anos. Tinha um rosto bonito, de sorriso constante. Atrás dela, no fundo da sala, havia quatro garotas sentadas num sofá. Elas ouviam rádio e uma delas, com cara de menina, digitava concentrada num celular.

"Você é aquele detetive", disse a cafetina, sorrindo como se eu fosse uma celebridade da televisão. Se eu tinha algum fiapo de esperança de não ser reconhecido, ele se desmaterializou naquele instante.

"Remo Bellini."

"Doris", ela disse, estendendo a mão para que eu a beijasse como um cavalheiro. Foi o que fiz: beijei aquela mão perfumada e gorducha. As meninas começaram a rir no sofá. Ao contrário do que eu pensava, não era de mim que elas riam, mas de alguma coisa que a mais moça mostrava às outras no celular.

"Veio pra afogar o ganso ou pra ficar incomodando as meninas com interrogatório? Aqui ninguém aguenta mais conversa de polícia."

"Não sou polícia."

Doris apalpou meu pau com a mão rechonchuda. Lázaro estremeceu na tumba. Ele realmente estava merecendo uma ressurreição.

"Não tem pau de cana", ela disse, pondo fim à avaliação técnica.

"Como é pau de cana?"

"Em geral, torto pro lado direito. De bandido é torto pro esquerdo. O teu é coluna do meio, pau de advogado, engenheiro, professor, comerciante, profissional liberal. Mas sempre há as exceções. Pau de político, por exemplo, é em forma de *ésse*, pode reparar."

"Difícil eu ter oportunidade de reparar nesse tipo de coisa."

"A vida às vezes surpreende a gente", disse Doris num acesso agudo de filosofia de bordel. Depois voltou a sorrir seu sorriso de cento e oitenta graus e apontou as meninas no sofá: "Vai escolher qual das princesas?".

A visão dos imensos e felinianos seios de Doris me proporcionou uma ereção instantânea e bastante consistente. Não consegui olhar para as princesas.

"Você", eu disse.

Doris deu mais uma conferida na situação do Lázaro: "Pauzão...", disse, para em seguida abandoná-lo repentinamente. "Não estou mais na pista, neném. Sou muito bem casada. Escolha uma das meninas. Aproveite que estão todas aí. O movimento anda fraco desde que o Brandãozinho morreu."

Olhei com mais atenção para as meninas, um eufemismo bastante forçado para definir aquelas quatro mulheres sentadas no sofá. Bem, se Doris havia chamado meu modesto e esforçado membro de *pauzão*, não surpreendia que chamasse aquelas trintonas de *meninas*. Uma delas, porém, a que digitava compulsivamente no celular, realmente parecia mais jovem que as outras.

"Quem era a preferida do Brandãozinho?"

"Quer homenagear o defunto?"

Não resisti: apalpei os seios de Doris.

"Você é minha primeira opção."

Doris afastou delicadamente minhas mãos de seus peitos e virou-se para a menina do celular: "Antonieta, dá um alívio pra essa criatura, pelo amor de Deus!".

9.

Se a vida fosse um filme, no momento em que eu enfiasse meu pau na boceta depilada da Antonieta seu semblante se transmutaria no da Mary Endaíra, numa fusão de rostos, recurso muito usado por cineastas para expressar o estado de confusão em que certas mulheres deixam alguns homens. Não posso negar que a fantasminha camarada do Costa's Plaza me deixara bastante intrigado. Mas não ao ponto de me transformar num clichê cinematográfico: nem sequer me lembrei da Ariadne ao avesso enquanto penetrava a sorridente putinha. Simplesmente meti a pera, como dizem os hortifrutigranjeiros, e gozei muito rápido. Mas ao desvencilhar meu pau do cilindro borrachento da camisinha, não escapei de sentir um clichê literário no peito. O bom e velho vazio interior mais uma vez cavara seu espaço em minhas entranhas.

Alheia a meus questionamentos, Antonieta virou-se de costas. "Pega outra camisinha na cabeceira e dá a segunda no meu cu", disse, movendo graciosamente as nádegas.

"Meu amor, na minha idade a segunda pode demorar horas. Até dias. Você não vai querer ficar com esse rabinho arreganhado até amanhã, vai?"

"Não dá", ela disse, virando de frente. "Tenho trabalho. Quer um Viagra?"

"Obrigado, parei com as drogas. Troco a segunda por algumas perguntinhas, pode ser?"
"Punhetinhas?"
"Perguntinhas."
"Ah, não. Já falei tudo que eu sabia sobre o Brandãozinho."
"Não pra mim."
"Dá na mesma. Tudo igual. Falei um monte pra uns caras como você."
"Eles tinham o pau torto pro lado direito."
"Que papo é esse?"
"A teoria da Doris sobre conformações penianas."
"Hã?"
"Formatos de pica."
"Isso é papo furado da Doris. Virado pro lado direito, virado pro esquerdo, capitão gancho, jeguinho, linguiça josefina, cabo de aço, espiga de milho, escada magirus, tudo a mesma merda, conversa fiada pra animar o cliente... e além do mais os caras não vieram aqui pra mostrar o pau."

Peguei minha carteira no blusão jogado no chão. Dobrei uma nota de cem e coloquei-a em cima da mesa de cabeceira da Antonieta, ao lado do celular, que não parava de anunciar a chegada de novas mensagens.

"Esse aqui é por fora", eu disse.
"O que você quer saber?", ela perguntou sem me olhar, depois de jogar o dinheiro numa gaveta e retornar ansiosa ao telefone.
"Como era o pau do Brandão."
Ela interrompeu seu digitar obsessivo e olhou para mim.
"Tá de sacanagem?"
"Não. Quero saber como era o pau dele, sério."
"Nhoque duplo", ela disse, já de volta ao mundo encantado de seu smartphone.
"Nhoque duplo?"
"Nhoque duplo, pau pequeno. Nhoque simples é um pau minúsculo. Você é veado?"

"Dá pra olhar pra mim? Como é que vou responder a uma questão relevante se você não olha pra mim?"

Ela olhou.

"Não que eu saiba. Mas desconfio que o Brandãozinho era. E sabia disso."

"O Brandão, veado? De jeito nenhum. Tinha o pau pequeno, mas era guerreiro. Nunca vi alguém gostar tanto de uma buceta como ele."

A essa altura, Antonieta já alternava a atenção entre mim e o celular, com uma pequena vantagem para o aparelho.

"Sabe criança?", ela disse.

"Sei."

"Então. O Brandãozinho parecia uma criança. Ele gostava de fingir que era bebê. Cantava parabéns, falava 'Dá a bucetinha pro neném, dá', coisas assim, como se fosse um bebezinho tarado. Ele perguntava 'Qué mamá, qué?, e enfiava aquele pauzinho duro na minha boca. 'Nenê qué trocá a fraldinha', ele dizia, como se estivesse chorando, e pedia pra gente passar creme na bunda dele."

"A gente?"

"O danadinho gostava de suruba. Às vezes ia com uma, às vezes com duas, três. Mas veado ele não era."

Antonieta fez uma pausa e olhou para mim. "Conheço veado."

"Tá me estranhando?", perguntei.

"Eu não", ela disse, já de volta ao mundo encantado de seu celular.

Ufa.

"E a Doris?"

"O que tem a Doris? É a patroa."

"Ela não trepa?"

"Ficou mesmo com tesão na Doris. Tem tesão de gorda? Esquece. Desde que casou, parou com programa."

"Quem é o felizardo?"

"Felizard*a*. A Doris é casada com uma mulher, a Soninha. Casada mesmo, no papel. Casaram no Rio de Janeiro. Só que a

Soninha é ciumenta pra caralho. A Doris tem de sair daqui toda noite antes do sol nascer. Se chegar em casa depois que clareou, entra na vara."

"Vara de quem?"

"Entra na porrada. Apanha da Soninha. E aí? Teu tempo tá acabando."

"Só queria entender o que levou o Brandãozinho a simular o próprio sequestro", eu disse, enquanto juntava minhas roupas e começava a me vestir.

"Eu também", disse Antonieta, sem tirar os olhos e os dedos do celular. "Mas não é aqui que você vai descobrir isso. Desistiu mesmo de dar a segunda?"

10.

O carro da manicure de Marlon não era propriamente um modelo de conforto. E fazia um frio desgraçado. Lá estava eu, na madrugada, numa campana na rua em frente ao puteiro, passando frio no planalto central, lutando para me manter acordado. Deve haver alguma coisa errada comigo: quando posso dormir e tenho a noite inteira para fazê-lo numa cama king size de hotel, sou acometido de insônia. Já quando preciso ficar acordado e estou desconfortavelmente sentado num carrinho de merda na madrugada gelada de Abadiânia, meus olhos insistem em fechar e algumas alucinações começam a tomar forma. Ou então a visão de sapos atravessando a rua deserta à minha frente não era alucinação, mas um fato corriqueiro na fauna do cerrado. Os sapos de Abadiânia! Atração turística da região: anfíbios célebres por frequentar bordéis à noite.

Instantes depois os sapos não estavam mais ali e eu fiquei mais calmo.

É claro que o fato de não ter ingerido nem uma gota de bebida alcoólica nas últimas vinte e quatro horas não tinha nada a ver com aqueles anfíbios pegajosos.

Claro.

O movimento no palácio de Doris estava fraco. Nada como

má publicidade e a presença de tiras para espantar os fregueses. Eu estava cochilando, sonhando com lagartos brilhantes no deserto de Sonora, no México, quando ouvi um barulho na porta do puteiro. Doris se despedia de alguém, acho que da mesma moça que me abrira a porta no começo da noite. Ela foi caminhando devagar na direção oposta de onde eu estava. Desci o vidro da janela: "Doris!".

Ela me olhou, surpresa. Agora já não tinha mais aquele sorriso constante no rosto. Devia ter se esvaído pela pia com a maquiagem.

"Podemos conversar um minuto?"

Doris olhou para os lados. "A essa hora?"

"É rápido", insisti.

"Tá frio", ela disse.

"Entra aqui."

Doris voltou a olhar para os lados, certificando-se de que ninguém a observava.

"Você tem um minuto!", afirmou, entrando no meu carro. Ou melhor, no carro da manicure de Marlon. "O que quer saber?"

"Você deve imaginar. Quero saber por que o Brandãozinho inventou o próprio sequestro."

"Ah, isso é o que todo mundo quer saber. E eu não faço a menor ideia."

"Como ele estava naquela noite?"

"Que noite?"

"Não se faça de desentendida, Doris. A noite em que desapareceu na estrada depois que saiu daqui."

"Estava normal. O Brandão era festeiro, fazia farra com as meninas, parecia mesmo um menino. Meio bobo, sabe? Um rapaz raso. Acho que o Brandãozinho nunca cresceu, esse era o problema dele."

"Em alguma treta ele estava metido."

"Acho que sim", disse Doris. "Mas eu não ia estranhar se tivesse bolado o próprio sequestro só de sacanagem. O Brandãozinho era um menino arteiro."

"Ele andava fazendo retiradas milionárias do banco. Não era uma brincadeira."

"Isso eu não sei, detetive. Se ele estava metido em alguma encrenca, com certeza não tinha nada a ver com o que ele fazia aqui."

"Penso às vezes que ele podia ser homossexual e estar sofrendo alguma espécie de chantagem."

"O Brandãozinho não era bicha. Gostava de puta. Era respeitador com as mulheres dos outros. Nem com as fãs ele transava. Gostava de farrear com puta. Quem é veado não gosta de foder com puta. O que você está olhando?"

"Seus peitos", eu disse, e voltei a apalpar as mamas de Doris.

"Tá com tesão no meu peito?", ela perguntou, já abrindo a blusa e deixando aqueles dois melões carnosos deslizarem para o mundo exterior. "Quer que a tia Doris faça uma espanhola gostosa, quer?"

Antes que eu respondesse Doris se ajoelhou desajeitadamente no banco, tirou meu pau do ninho e começou a sufocá-lo com suas peças naturalmente *extra large*. Em menos de trinta segundos eu dei finalmente a minha segunda esporrada, quase oito horas depois de ter dado a primeira. Foi um gozo infinitamente mais prazeroso – embora bem menos volumoso – que o anterior, aliás.

Fiquei alguns segundos curtindo minha pequena morte, largado no banco com o pau murcho para fora da calça, com o olhar perdido na rua deserta em que sapos não mais eram visíveis. Doris se recompôs e abriu a porta. "Tchau", disse, saindo do carro. "Boa sorte."

Não lembro direito o que aconteceu em seguida.

Acho que peguei no sono.

Sonhava com búfalos correndo pelo cerrado quando ouvi um tranco e despertei. Alguém abria a porta do carro e me puxava para fora com violência. Caí ajoelhado no chão, tentando reagir, então senti o primeiro chute no rosto.

Seguiram-se outros chutes e socos até que tudo – búfalos, sapos e paisagens do cerrado – desapareceu de repente.

11.

"Servido?"

Eu só conseguia pensar no sapo.

"Servido?", repetiu dona Sula, oferecendo-me uma bandeja cheia de quibes.

Pensando bem, dona Sula parecia um sapo gigante.

Peguei um quibe, mas continuava lembrando do sapo solitário que me despertara ainda naquela madrugada, quando eu dormia no chão, ao lado do carro, depois de ter levado uma surra. Teria o sapo realmente me lambido o rosto ou foi só impressão?

"Tá dando pra comer?", perguntou Marlon, percebendo minha dificuldade em mastigar o quibe. Àquela altura dos acontecimentos eu estava perdendo rapidamente a confiança em minha sanidade mental. Mary Endaíra, sapos samaritanos de Abadiânia, búfalos selvagens do cerrado...

"Sim", eu disse, esforçando-me para não demonstrar a dor que sentia ao mastigar. Um chute no maxilar, mesmo desferido por uma *lady*, é sempre dolorido. E a mulher que me atacara de madrugada — presumo que Soninha, a esposa de Doris — não era exatamente uma princesa. Estava mais para uma Margaret Thatcher acometida de uma descomunal tensão pré-menstrual.

Isso é pra você aprender a não folgar com a mulher dos outros, dissera a carrasca, pouco antes de eu apagar ali no chão.

"Você ainda não explicou direito essa briga", disse Marlon.
Aguardávamos o almoço na sala de estar da casa de dona Sula. Alguns dos membros da família conversavam, outros tentavam se distrair com um jogo de futebol na televisão, mas todos ainda demonstravam abatimento pela morte de Brandãozinho. Padre Pedro travava um diálogo com um periquito numa gaiola pendurada ao lado de uma janela que dava para o quintal. Ele parecia bastante carinhoso com o passarinho, que não parava de piar, excitado. Eu e Marlon conversávamos numa espécie de balcão de bebidas localizado num canto da sala. Dei um gole num suco de abacaxi que eu carregava como um escudo protetor. Continuava tentando me manter longe do álcool. Pelo menos até que sapos, búfalos, fanchonas vingativas e Ariadne ao contrário parassem de cruzar meu caminho.

"Ossos do ofício. Andei me metendo onde não fui chamado."
"E descobriu alguma coisa?"
"Sim."
"O quê?"
"Descobri que quebrei uma costela." E não era mentira.
"E sobre o Brandão?"
"Nada conclusivo."
"Você devia providenciar um celular. Tentei falar com você a noite inteira e não consegui."
"Estou adorando viver como os humanos viveram durante duzentos mil anos, sem depender de aparelhos celulares. E você sempre pode me encontrar no hotel. Recebi seus recados logo que cheguei lá, de manhã."
"Precisamos ficar em contato constante, Bellini."
"Eu sei. Estou investigando. Te mando um relatório até o fim da semana, como combinado."
"Precisa mesmo ser um relatório por escrito?"
"Como assim?"
"Não pode ser uma conversa cara a cara?"
"Pode. Mas é importante haver um documento em que as informações fiquem registradas, concorda?"

"Que tal gravar o relatório na minha caixa de mensagens? Tenho preguiça de ler, Bellini."
"Você não gosta de ler?"
"Não."
"E de escrever?"
"Menos ainda."
"E como compõe suas músicas?"
"Gravando no celular", disse Marlon, e em seguida mostrou-me entusiasmado um aplicativo que transformava seu iPhone num gravador. "Você pode gravar seu relatório aqui, véio", ele concluiu, como alguém que tivesse acabado de inventar a pólvora.

12.

Depois de uma tediosa aula sobre informática, em que Marlon me explicou minuciosamente como gravar um relatório de trabalho em seu iPhone como se fosse a coisa mais interessante do mundo, dei uma desculpa qualquer, peguei meu suco de abacaxi e escapei dali. Vi o padre Pedro num canto da sala, ajoelhado. Pensei que estivesse rezando, mas ele falava com um gato.

"O senhor gosta de bichos", afirmei.

"São puros", ele disse, levantando-se. Só então reparei que carregava um copo de cerveja. "Ao contrário dos homens", concluiu, com um sorriso.

"O senhor é um padre moderno."

"Você diz isso por eu conversar com bichos? São Francisco já fazia isso oitocentos anos atrás."

"Me refiro à cerveja. E ao brinco que o senhor usava no enterro do Brandãozinho."

"Sou humano, Bellini. E, se a Igreja não dialogar com os fiéis, vai acabar fechando as portas. E isso inclui os animais domésticos. 'Se encontrares desgarrado o boi do teu inimigo ou o seu jumento, lho conduzirás. Se vires prostrado debaixo de sua cerca o jumento daquele que te aborrece, não o abandonarás, mas ajudá-lo-ás a erguê-lo.' Está no Livro do Êxodo. Saúde", disse, brindando. O toque dos copos produziu um som agudo, que assustou o gato e fez com que ele se afastasse.

"Mordecai!", chamou o padre, seguindo os passos do felino.

Teria o periquito também um nome bíblico?

Naquela casa eu me sentia em Jerusalém.

Caminhei até uma cristaleira do outro lado da sala. Notei que Marlon continuava entretido com seu iPhone, sentado no braço de uma poltrona. Numa das estantes da cristaleira havia porta-retratos com fotos da família Souza Brandão em diferentes épocas. Se tem um lugar em que a melancolia adora construir um ninho é numa velha cristaleira cheia de fotos antigas. As imagens me deixaram levemente deprimido: Marlon e Montgomery pequenos, carregando enxadas. Os dois cantando num programa de rádio, com Marlon tentando dedilhar um violão quase do seu tamanho. Os gêmeos Leo e Lisandro, ainda cabeludos, nadando num açude. Riboquinha muito pequena e esquálida, como uma criança desnutrida da Somália, urrando ao ser batizada pelo padre Pedro. Os jovens Marlon e Brandão ao lado de Zezé de Camargo e Luciano nos bastidores de um programa de televisão.

"Você curte essa velharia?", perguntou alguém atrás de mim.

Era Leo.

Ou Lisandro.

Eu não tinha ainda aprendido a discernir um irmão gêmeo do outro.

"Gosto de fotos antigas."

"Melhor conviver com as pessoas numa foto do que na vida real, não?"

Não esperava tanta perspicácia de um dos irmãos Souza Brandão.

"Reparei que você não gosta muito de se relacionar com as pessoas", ele prosseguiu.

"Você é um cara observador, Leo."

"Lisandro. Eu sou o Lisandro. O Leo é um pouco menos careca e um pouco menos preocupado. E menos inteligente também."

"Natural", eu disse. "Quanto menos inteligente, menos preocupado e menos careca. Desculpe ter te confundido com o Leo."

"Normal, todo mundo confunde. Vem comigo, vamos conhecer a horta."

Segui Lisandro pela residência de dona Sula. Era uma casa grande, reformada, localizada num bairro nobre de Goiânia. Segundo Marlon, ela se recusara a viver no condomínio de milionários, distante alguns quilômetros da cidade, em que residiam quase todos os membros da família. Outra exceção era o falecido Brandãozinho, que também preferira viver no espaço urbano de Goiânia, num edifício luxuoso próximo da casa da mãe.

"Vou levar o Bellini pra conhecer a horta", Lisandro anunciou aos convivas. Recebemos alguns olhares surpresos com o inesperado passeio proposto por Lisandro, mas não liguei. Eu não via a hora de conhecer as cenouras alucinógenas de dona Sula.

"Voltem logo", gritou a própria quando passamos pela cozinha. "Já vou servir."

Caminhamos pelo quintal, onde Riboquinha jogava vôlei com amigas. Ela era a única que parecia não demonstrar tristeza pela morte do irmão. Acenou, sorrindo. "Querem jogar?"

"Não", disse Lisandro. "Temos que apanhar verduras pra salada."

"Chatos!", ela resmungou, e deu um saque, lançando a bola para o alto.

Quando chegamos à horta, que ficava a uns cinquenta metros da cozinha, achei que Lisandro fosse me oferecer um baseado, ou algo do gênero. Mas ele perguntou, entre uma fileira de couve e outra de alface: "E aí, descobriu o que o Brandãozinho andava aprontando?".

"Nada. Todo mundo me diz que ele era o cara mais fofo do mundo."

"E você acreditou? Que fofura é essa que faz um sujeito passar o tempo todo na companhia de prostitutas?"

Lisandro se abaixou para apanhar uma beterraba.

"Pois é. Qual era a dele, Lisandro? Pode se abrir comigo", sugeri.

"Fresquinha", ele disse, limpando a beterraba. "E doce. Duvido que você encontre uma beterraba mais doce que essa aqui."

Fiquei olhando para a beterraba. Voltamos a caminhar pela horta.

"Também não sei em que o Brandãozinho estava metido", ele disse, carregando a beterraba. "Mas alguma coisa estava errada com meu irmão. O cara tinha grana, sucesso, talento, família, era querido e desejado por um monte de mulheres bonitas. E só se relacionava com puta? Você acha normal um negócio desse?"

"Nada do que é humano me é estranho, Lisandro. Terêncio."

"Terêncio?"

"Foi o poeta romano que cunhou a frase. Não julgo o Brandão por se relacionar com putas. Não julgo ninguém."

"Pra alguém que não julga os outros, você me parece um cara bastante infeliz."

"Você é formado em psicologia ou alguma coisa assim?"

"Sou formado na vida, Bellini."

"É mesmo, Lisandro? Vividão? Tá bom, vamos lá: qual é o seu palpite? O que deu no Brandãozinho pra inventar essa história toda? Por que ele estava gastando tanto dinheiro? E por que simulou o próprio sequestro?"

"Eu não sei. Sou vivido, mas não sou adivinho. O Brandãozinho sempre foi um menino inseguro. Era o caçulinha, ninguém ligava muito pra ele na família. Foi o Marlon que descobriu que ele tinha talento pra música. Mas o talento dele sempre foi limitado. O Marlon é que faz as músicas, toca violão, tem as ideias todas. O Brandãozinho só faz a segunda voz, e sempre viveu na sombra do Marlon. Talvez tivesse inveja do Marlon, não sei."

"Insegurança e inveja ainda não explicam nada, Lisandro. Impossível que você não tenha um palpite."

"Pior é que não tenho mesmo. Nem ninguém na família. O Brandãozinho era uma espécie de Peter Pan, sabe? Uma criança que não soube crescer. E crianças são imprevisíveis."

Olhei para Riboquinha, que agora dava piruetas com as amigas. Elas gritavam e riam em alto volume.

"Mas ele nunca demonstrou alguma aflição? Por que estava precisando de dinheiro?"

"Não sei, Bellini."

"Isso me cheira a chantagem."

"E quem ia chantagear o Brandão? Por quê?"

"Se ele fosse homossexual, por exemplo. Ou se usasse drogas. Ou se estivesse se relacionando com uma mulher casada."

"E por que alguém ia chantagear o Brandãozinho por esses motivos? Meu irmão era solteiro. Dono do próprio nariz. Mesmo se fosse gay, ou se estivesse comendo a mulher do papa, qual seria o problema disso vazar para a mídia?"

"Naturalmente uma notícia dessas mancharia a reputação dos irmãos boias-frias de Goiânia. Marlon e Brandão teriam shows desmarcados, fãs que se sentiriam traídas..."

"Bellini! Em que mundo você vive? Hoje em dia notícias assim não pegam nada. Se o Brandão estivesse comendo a mulher de alguém, qual seria o problema? Diriam que ele é pegador, e isso até seria bom pra imagem dele. Mesmo se fosse gay, o que ele *não* era, quem liga pra isso? A MPB está cheia de veados e lésbicas. Drogas? Todo mundo usa, até ex-presidentes e economistas renomados defendem a liberação da maconha. Mal falado, hoje em dia, é o artista careta e religioso, isso sim."

"O almoço está servido!", gritou dona Sula.

Lisandro deu uma mordida ruidosa na beterraba crua.

"Pra mim", disse pensativo, enquanto mastigava, "o Brandãozinho devia estar desenvolvendo algum projeto secreto de game de computador, ou algum brinquedo maluco, vai por mim."

"Game de computador?", perguntei incrédulo.

"Vai esfriar!", gritou dona Sula.

"Quer?", disse Lisandro, oferecendo-me a beterraba. Sua boca estava vermelha como a de um vampiro.

13.

Desde que começara a pautar minha vida pelo horóscopo, tudo tinha dado errado. Mais cedo, naquela mesma manhã, depois de tomar um banho no hotel e tentar me recobrar da madrugada desastrosa no puteiro de Abadiânia, antes de sair para o almoço na casa de dona Sula, dei uma olhada no jornal.

Confie em seu taco, confie na sua capacidade de navegar com destreza em mar agitado e revolto.

Foi esse o conselho que me estimulou a seguir caminho até a casa de dona Sula sem antes passar numa farmácia ou num pronto-socorro para tratar dos ferimentos decorrentes da sova que tomei de Soninha, a fanchona vingadora.

Como se explica então que agora, poucas horas depois de me sentar à mesa dos Souza Brandão para o almoço, eu estivesse num pronto-socorro, com a boca aberta, enquanto dois enfermeiros se alternavam em me explorar a língua e o céu da boca com pinças gigantes, em busca de espinhos?

Sim, porque não foram os hematomas causados pelos socos e pontapés de Soninha que me proporcionaram a visita ao pronto-socorro, mas o afamado arroz com pequi de dona Sula.

Logo que eu e Lisandro voltamos de nosso passeio pela horta, em que ele, além de demonstrar seu estranho gosto por beterraba crua, havia deixado claro que não fazia a menor ideia do tipo de encrenca em que Brandãozinho estava metido, nós nos reunimos aos outros familiares para o aguardado almoço. Depois de uma interminável oração proferida pelo padre Pedro, com direito a várias e comoventes citações ao falecido, que arrancaram lágrimas e améns dos presentes, dona Sula serviu-me o arroz com pequi, um prato típico da região, que mistura o popularíssimo cereal a uma fruta natural do cerrado. O fato de eu estar com muita fome, somado à minha ignorância sobre a flora goiana, talvez explique a voracidade com que me lancei a comer, e a maneira peculiar com que cravei os dentes nos apetitosos e aparentemente inofensivos pequis.

Resultado: comecei a gritar ao experimentar a dor lancinante que causavam os espinhos de pequi cravados em meu palato e em minha gengiva.

Ainda que Riboquinha e suas amigas tenham começado a rir, não quis crer que houvesse alguma má intenção por parte da família Souza Brandão em não me avisar com antecedência sobre os riscos de se morder desavisadamente o pequi, localmente famoso também por seus traiçoeiros espinhos.

Reputei a desatenção à intensa comoção que todos experimentavam desde a morte de Brandãozinho.

No momento em que o almoço foi irremediavelmente cancelado em função de meus grunhidos e do sangue que já começava a escorrer de meus lábios, enquanto Marlon e Maiara tentavam desajeitadamente me acomodar numa poltrona e Leo me oferecia inutilmente um copo d'água, ouvi dona Sula proferir para o padre Pedro a frase que me deixaria intrigado pelos próximos dias: "Coitado desse homem! Parece que foi enviado por Deus até aqui para pagar pelos nossos pecados!".

Já fui confundido com muita coisa na vida. Com Jesus Cristo era a primeira vez.

14.

Só retornei ao Costa's Plaza tarde da noite.

Embora o médico de plantão insistisse para que eu permanecesse no ambulatório até o dia seguinte — e não eram apenas a prudência e os espinhos do pequi que lhe inspiravam a recomendação, mas também os hematomas no rosto e a costela trincada —, dei um jeito de escapar do pronto-socorro. No hotel pedi minha chave ao sujeito da recepção, que não era o mesmo que me revelara, duas noites antes, que Mary Endaíra provavelmente não existia. Este agora era mais velho e seu olho esquerdo era mais fechado que o direito. Lembrei-me de um aforismo de Dora Lobo: não confie em ninguém. De alguma forma, os caolhos sempre me parecem confiáveis.

"Conhece a Mary Endaíra?", perguntei com esforço, já que meu palato, minha língua e minhas gengivas estavam feridas e anestesiadas.

"Como?", ele disse, mostrando que não entendera nada do que eu falara.

Peguei uma caneta sobre o balcão e escrevi num bloco de papel:

Mary Endaíra, cantora. Conhece?

Ele leu.
Depois releu.
Pensou por um momento.
"Marianne Daíra", você quer dizer. Ele pronunciou Marianne com sotaque inglês, *Mériêine*.
Devo ter feito uma expressão de quem não estava entendendo direito.
"A maluquinha?", ele disse. "Do olho claro?"
Concordei.
"De minissaia? Bota de couro?", prosseguiu.
"Sim!"
Talvez o recepcionista caolho não tenha compreendido tanta felicidade. Eu exultava por não estar ficando louco. Mary existia, afinal de contas. E *não* era a Ariadne do avesso. Não era nem mesmo Mary.
"Marianne Daíra?", balbuciei, caprichando no *Mériêine*. "Nome esquisito."
"Acho que é isso", ele disse. "O nome verdadeiro é Mariana da Costa. Ela *é* esquisita."
"Cantora?", insisti.
"Se você chama aquilo de cantar."
"Ela não canta aqui?", apontei o palco.
"Graças a Deus não mais", ele disse, rindo. Seu olho esquerdo estava completamente fechado agora. "Ela não canta em nenhum lugar, espero. Já cantou, ou gritou, mas isso faz muito tempo."
"Vi ela aqui outra noite", eu disse. "Achei que cantava legal", concluí, sem saber o quanto o conhaque paraguaio influíra em minha avaliação dos dotes vocais de Marianne.
"Ela aparece de vez em quando. Vagando igual um fantasma, coitadinha."
"Ela é bonita", eu disse.
"Como toda mulher goianiense. Mas como toda goianiense também é maluca. Cuidado."
"Cuidado com quê?"

"Ela não te convidou pra passear pela cidade?"

"Convidou", concordei, cada vez mais feliz por recuperar — em parte, pelo menos — a sanidade mental.

"E você aceitou?"

"Eu tinha bebido um pouco."

"E ela não te contou a história do césio-137?"

Aquiesci.

"Então, maluca. Doente, na verdade."

Ele se aproximou, e falou baixo, como se fizesse uma confidência: "Ela é a filha caçula do seu Costa, o dono do hotel. Quando aparece por aqui, temos ordem de deixá-la à vontade".

"Como eu faço para encontrar a Mariana?", perguntei, e meu céu da boca começou a latejar.

"É isso mesmo que você quer?", ele perguntou enquanto me entregava a chave do quarto. "Tem certeza?"

Um porteiro do hotel, que estava do lado de fora, veio até o balcão nesse momento. "Tá frio lá fora", disse, esfregando as mãos. "Tem um café quente aí?"

O recepcionista pegou uma garrafa térmica e uma xícara que estava sobre o balcão e entregou ao porteiro, que permaneceu por ali olhando uma TV ligada num canto da recepção. As imagens mostravam uma corrida de Fórmula 1 sob um sol escaldante em algum lugar do outro lado do planeta.

"Mais alguma coisa, senhor?", perguntou-me o recepcionista, com um sorriso burocrático e o olho semicerrado. A chegada do porteiro o havia constrangido. É preciso perceber a hora de sair de cena.

"Nada não, muito obrigado. Boa noite", eu disse.

Caminhei até o elevador.

Mériêine Daíra?

A loucura continuava a me assombrar.

15.

O garçom caminha pelo corredor do hotel com uma bandeja na mão, à altura do rosto. Uma garrafa de cerveja estrategicamente postada na bandeja impossibilita que se observem suas feições com clareza. Ele larga a bandeja e a garrafa com um movimento abrupto, tapa o rosto com uma das mãos, sobe com agilidade num cesto de lixo, apoia-se na parede e com a mão livre cobre com um guardanapo a lente da câmera de segurança. A partir daí não se vê mais nada, só uma mancha branca no visor.

"O cara é profissional", disse o delegado Vieira. Estávamos na sala de informática do Departamento de Homicídios da Polícia de Goiás. O lugar lembrava o Business Center de um hotel cinco estrelas. Observávamos num computador as gravações do sistema interno de segurança do hotel Costa's Plaza no dia dos acontecimentos que culminaram na morte do cantor, em busca de pistas sobre o elemento – uma maneira impessoal do jargão policial de definir um ser humano – que invadira meu quarto e enviara do meu celular a mensagem para o delegado Filadelfo.

Vieira voltou um pouco as imagens, então congelou a cena um instante antes de o falso garçom cobrir a lente com o guardanapo.

"Esta é a única imagem em que dá pra ver mais ou menos o semblante dele", disse.

A imagem desfocada mostrava um homem moreno, já maduro, entre cinquenta e sessenta anos, com rosto anguloso, nariz grande e boca fina. Os cabelos curtos eram grisalhos nas laterais.

"Parece um mafioso de filme", eu disse. "Alguma outra imagem dele?"

"Não. Fizemos um retrato falado em cima dessas imagens e já distribuímos por aí. Mas é um profissional, sem dúvida. Não há mais nenhuma imagem dele nas gravações dos outros circuitos do hotel. Deve ter entrado por alguma porta de serviço, sem câmera de segurança. Não sabemos se já entrou vestido de garçom ou se trocou de roupa dentro do hotel. Subiu pela escada, onde não há câmeras, e a única imagem que temos do sujeito é esta aqui."

Ficamos em silêncio observando o rosto do cidadão que fornecera o álibi – voluntariamente ou não – para o delegado Filadelfo detonar a operação policial que acabara por matar o Brandãozinho. Aquelas feições não me eram totalmente estranhas. Ou eram?

"Meu palpite: esse cara não é daqui e nunca vamos encontrá-lo", disse o delegado, pondo fim aos meus questionamentos. "Chegou, fez o serviço e se mandou na sequência."

"Por quê?"

Vieira desligou o computador. "Isso é o que todo mundo quer saber, Bellini."

O tratamento que a polícia de Goiânia me dispensava havia mudado diametralmente em poucos dias. Nada como um aliado de peso – Marlon Brandão – fazendo campanha em meu favor, além do fato – crucial – de eu não mais submeter as narinas de meus interlocutores ao desagradável bafo de onça que emanava da minha boca até dois dias antes.

"Goiânia é uma cidade segura, com baixos índices de criminalidade", observou Vieira. "Não sei o que o Brandãozinho andava aprontando, mas deve ter gente de fora metida nessa confusão."

"Tudo aqui parece tão... antisséptico", eu disse, olhando para a delegacia, que agora me lembrava a redação de um jornal.

"Temos uma polícia eficiente. Em Goiânia, ao contrário da maioria das cidades brasileiras, o crime não compensa. A não ser o crime do colarinho branco, claro, mas esse tipo de crime não está sob a nossa alçada. E esses hematomas no teu rosto?"

"Levei um tombo."

"Reparei também que você está falando com dificuldade. Algum problema na boca?"

"Arroz com pequi."

Vieira sorriu. "É preciso tomar cuidado numa terra estranha. Lá em Uberaba, onde eu nasci, meu pai sempre dizia que boi em pasto alheio é vaca."

"Vou tentar me lembrar disso na próxima vez que invadir um pasto."

"Se eu puder ser útil em mais alguma coisa", disse Vieira, levantando-se e sugerindo que, apesar da recente boa vontade policial e do frescor do meu hálito, eu não deveria passar dos limites.

"E o delegado Filadelfo?", perguntei, obviamente passando batido por qualquer limite.

"O que tem o Filadelfo?"

"O que ele pensa disso tudo?"

Vieira olhou para os lados. Policiais de plumagem variada esvoaçavam pelo ambiente, como aves num viveiro.

"Aceita um café?"

16.

Caminhamos até um botequim próximo da delegacia. O balconista nos serviu dois cafés.

"Açúcar ou adoçante?", perguntou Vieira.

"Puro."

"Nunca fui com os cornos do Filadelfo, vou te confessar", disse o delegado, enquanto enchia sua xícara de açúcar. "Desde que chegou aqui, faz uns dois anos, vindo de São Paulo, ficou babando ovo de cantor sertanejo, colunista social, bicheiro, fazendeiro e político. No começo achei que ele queria fazer carreira na política, mas depois percebi que o negócio dele era puxar o saco dos poderosos, não sei com que finalidade. Aparecer no jornal, talvez."

Dei um gole no meu café. O delegado Vieira era um tira tipo boneco de corda. Basta dar a corda que eles começam a falar e não param mais.

"O negócio do Filadelfo é desfilar com as celebridades pela cidade", disse.

"Vai esfriar", alertei, apontando sua xícara de café, que àquela altura era mais uma xícara de açúcar temperada com um pouco de café.

"Veja bem", ele prosseguiu, como se não me tivesse ouvido, "não tenho problema com o fato do Filadelfo ter vindo de fora.

Eu também vim de Uberaba, faz uns dez anos, logo depois de me formar. Casei com uma moça daqui, que conheci em Uberlândia, na faculdade de direito. Mas Goiânia é uma terra de oportunidades, uma cidade que cresce como poucas no Brasil. O problema é que o Filadelfo se acha superior, entende?"

Aquiesci. Vieira finalmente deu um gole na papa de açúcar com café que tinha à sua frente. Aproveitei a deixa para falar alguma coisa. "Você ainda não me disse o que o Filadelfo acha de tudo isso."

"Como vou saber? Você pensa que o Filadelfo é de bater bola com colega de profissão? Mais fácil sair pra trocar ideia com o Marlon Brandão, de preferência numa churrascaria, ou numa boate, na companhia de um uísque importado e de uma puta top de linha."

"Ele também era chegado numa profissional, como o Brandão?"

"Como o Brandão ninguém era. O cara era fora de série, na boa. Mas o Fila era chegado numa piranha, sim. Também, pudera, solteirão, bon-vivant, metido a conhecedor de vinho, sabe o tipo?"

Eu sabia.

Mas mesmo que não soubesse, ou que não quisesse saber, não faria diferença. Vieira continuava falando sem parar. "Não estou querendo dizer com isso que ele é um mau profissional. De jeito nenhum. A maneira como conduziu a investigação do sequestro, descontando a derrapada final, foi impecável."

"Mas a derrapada extrapolou qualquer regra de procedimento." Tive de interromper. "Aliás, o que *você* acha disso tudo?"

"Eu acho que tem muita coisa mal contada nessa história. Mas vai ser difícil descobrir o que realmente aconteceu. Não se pode culpar o Filadelfo por ter ordenado que o atirador disparasse contra o Brandãozinho. Ele estava mascarado e atirava contra o helicóptero! Qualquer policial faria a mesma coisa."

"Essa história da mensagem enviada do meu celular é *muito* estranha."

"Alguém está querendo te ferrar, Bellini."

"Já me ferrou. A questão é: quem? E por quê?"

"Pelo jeito isso não vai ser tão fácil de responder. Talvez você tenha sido usado como parte de um plano mais complexo. O que pudemos aferir até aqui é quase nada. O computador do Brandãozinho foi periciado e não encontraram nada de comprometedor ali, além do melhor guia de bordéis do país e do portfólio completo das garotas de programa mais gostosas do hemisfério sul. Se você estiver interessado, estamos distribuindo cópias disputadíssimas."

"Não tenho bala pra isso, Vieira. Essas meninas cobram por programa o que eu ganho em um mês de trabalho."

"Não falei em pagar. Para um policial as portas às vezes se abrem com mais facilidade."

"Sei como é. Mas não sou policial. Nem estou particularmente interessado em abrir porta nenhuma. Voltemos à realidade, por favor."

"Nunca é tarde para começar uma nova carreira."

"Estou muito velho pra começar o que for. Se eu conseguir acabar essa investigação já vou me dar por satisfeito. O que mais vocês têm?"

"Pouca coisa."

"A perícia no celular do Brandãozinho não indicou nada?"

"A perícia nos celulares que o Brandão usava regularmente não revelaram nada digno de nota."

"E o celular que ele usava naquele dia?"

"Foi inutilizado na cena do crime. Naquela confusão, alguém deve ter pisado no celular dele sem querer."

"Sem querer?"

"Se foi por querer, o que importa agora? O celular foi despedaçado. Parece até que o helicóptero pousou em cima do aparelho. O Filadelfo tentou reunir os pedaços pra entregar para a polícia técnica, mas não conseguiram aproveitar nada."

"Sei."

"O que temos de concreto, além da imagem desfocada do

invasor do hotel, é que o Brandão fez retiradas monstruosas de dinheiro em sua conta. Mais nada."

"Gostaria de falar com o Filadelfo."

"Vai ser difícil. Ele pediu licença médica, depressão, acho. Ou trauma psicológico, uma coisa assim."

"Está deprimido, mas não cortaram a língua dele."

"O Filadelfo se mandou de Goiânia já faz alguns dias, Bellini."

"Pra onde?"

"Não sei. Só disse que ia se ausentar por um tempo. Meu palpite: São Paulo. O Filadelfo costuma ir pra lá de vez em quando. Ele é de São Paulo, tem família na cidade. Quando a gente fica mal, procura a família."

"Por que você acha que ele está mal?"

"Porque matou o melhor amigo."

"Não foi ele quem disparou o tiro."

"Mas ordenou que o atirador disparasse. Você não ficaria mal se fosse o responsável pela morte do seu melhor amigo?"

Antes eu precisaria arrumar um.

"Não sabia que o Fila e o Brandãozinho eram assim *tão* amigos."

"Estavam sempre juntos, pra lá e pra cá. Ele puxa o saco do Marlon também, mas como o Marlon tem uma namorada firme, nem sempre dá pro Fila se enxertar nos programas. Já com o Brandão, o rei das putas, ficava mais fácil pro Fila. É como eu te disse, Bellini: quanto mais famoso, maior a chance de o Fila virar teu melhor amigo."

"Estou num bom momento agora."

Vieira sorriu. "É preciso mais pra conquistar a amizade do Fila", disse, e entornou açúcar na xícara.

"Cuidado com o excesso de açúcar", eu disse, e bebi o que restava do meu café.

"A vida já é bastante amarga", refletiu ele, como se pronunciasse a frase mais original do mundo, e engoliu o resto de seu ópio açucarado. Em seguida limpou a boca com um guardanapo de papel e olhou o relógio. "Preciso ir. Vou continuar investigando o caso e te informo de qualquer novidade. Qual é o número do teu celular?"

"Meu celular sumiu naquele dia, lembra? Se quiser me contatar, ligue pro Costa's Plaza. Ou pro Marlon, ele me dá o recado."

"Quer dizer que o Marlon virou teu garoto de recados?", ele disse, rindo.

"Pra você ver como a vida é estranha."

Vieira fez questão de pagar os cafés.

"Vamos combinar um churrasco lá em casa qualquer hora", disse, enquanto nos despedíamos. "Você é um ótimo papo, Bellini."

Observei Vieira se afastar pela calçada. Estranho que tenha me achado um ótimo papo: eu não falei quase nada.

17.

Os jornalistas começavam a abandonar o front.

A notícia da morte de Brandãozinho esfriava como um cadáver. Um raro terremoto em Tocantins, o assassinato de um diplomata francês em plena praia de Copacabana e dois ou três casos de corrupção no governo ganhavam espaço nas primeiras páginas, empurrando as notícias da morte de Montgomery Brandão para o rodapé das páginas policiais.

Ainda assim, não convinha facilitar.

Munido do endereço que conseguira no sistema de informação da polícia — aproveitando um momento em que Vieira fora até o banheiro —, saí de madrugada pela garagem do hotel.

Não precisei caminhar muito.

A rua Senador Tirésias Siqueira não ficava longe do Costa's Plaza. A rua estava vazia e silenciosa àquela hora da noite. Era estreita, quase uma ruela, ocupada por casas de classe média abastada, próxima à Praça do Sol. Mais uma vez pude constatar como a Goiânia noturna é mais solar que a diurna, e dessa vez nem precisei da ajuda do conhaque paraguaio para perceber isso. Nada como estar sóbrio para tomar decisões eticamente questionáveis. Estranhei que não houvesse um guarda-noturno nas imediações. Algumas casas, no entanto, apresentavam câmeras de segurança voltadas para a calçada, e vários muros ostentavam cacos de vidro em seus cumes, para dificultar a ação de ladrões.

A casa de número vinte e nove não aparentava ser muito grande. Era uma edificação térrea, mas não era possível vê-la da calçada, pois um muro alto e branco se erguia à sua frente. Apenas o telhado era visível. Uma porta larga de madeira, que serviria também para a passagem de um carro, era a única entrada da casa. Não havia naquele muro sinais de câmeras, cacos de vidro ou outros sistemas de segurança.

Em primeiro lugar, é preciso dizer que nunca me sinto à vontade para fazer o que estava prestes a fazer. Há quem goste do negócio e há quem faça disso um meio bastante rentável de vida. Há os que se excitam correndo riscos e transgredindo leis. Há os que o fazem por necessidade, compulsão, diversão, curiosidade e até tara. Pensei no pai do delegado Vieira, bradando lá de Uberaba os dizeres que o vento me trazia aos ouvidos: "Boi em pasto alheio é vaca".

Perdão, mas só invado uma propriedade alheia quando minha reputação – ou minha vida – está em jogo.

Reconciliado com minha consciência, fiz o que tinha de ser feito: olhei para os lados e pulei o muro. No gramado curto e bem aparado não surgiram cães de guarda. Nenhum alarme soou. As luzes da varanda permaneciam apagadas e não havia carros na garagem. Tudo indicava que a casa estava mesmo vazia.

Até aqui, tudo bem, pensei.

Circundei a casa silenciosamente, checando portas e janelas. Portas trancadas, janelas fechadas. Nenhuma luz acesa dentro da casa. Parei em frente à porta dos fundos, provavelmente da cozinha, e tirei do bolso da jaqueta minha gazua.

Respirei fundo.

E então parti para a parte mais arriscada – e comprometedora – do negócio: arrombei a fechadura e invadi a residência. Não, não foi no curso de direito que aprendi a usar a gazua. Há coisas que só se aprendem na prática, e qualquer estagiário de escritório de advocacia sabe disso.

Dentro da casa tirei os sapatos, como aconselha o manual de assaltantes a residências, amarrei um cadarço ao outro e pendurei os sapatos no pescoço. Acendi a lanterninha que serve de chaveiro à minha gazua, capaz de destravar nove entre dez fechaduras comuns. O facho de luz que a lanterna proporcionava não era dos mais intensos, o que me fez pensar num mergulhador explorando um navio no fundo do mar. Deixei que meus batimentos cardíacos se normalizassem antes de dar o primeiro passo. Invadir uma casa sempre me deixa num estado de espírito taquicárdico.

18.

A cozinha já dizia muito a respeito do proprietário da casa invadida: inúmeros utensílios domésticos impecavelmente pendurados na parede comprovavam que o morador solitário era, no mínimo, um refinado gourmet. Facas, facões, tesouras, escumadeiras, abridores de garrafa e colheres de vários naipes se espalhavam pela cozinha como obras numa exposição de arte moderna. Panelas de diferentes calibres, frigideiras e caçarolas pendiam do teto como estalactites numa caverna. Grelhas, espetos, luvas e aventais se espalhavam pelo ambiente, como alegorias no barracão de uma escola de samba.

No corredor que ligava a cozinha à sala, parei por um instante para apreciar a adega: carménères e cabernets chilenos dividiam espaço com malbecs argentinos, tempranillos espanhóis, zinfandels californianos e uma exuberante variedade de borgonhas e bordeauxs franceses.

Ora, ora.

Ali vivia um aristocrata.

Quem diria?

A sala era mais prosaica: televisão de plasma, aparelho da SKY, equipamento de som com CD e DVD player e uma vitrola.

A coleção de discos não era tão refinada quanto a de vinhos: Ray Conniffs, Richard Claydermans, sertanejos de variadas cepas, a coleção completa dos Três Tenores e atrocidades como Andre Rieu fizeram minha lanterna desviar para outra estante, em que coleções bem cuidadas faziam vislumbrar a intenção do morador em exibir seu espírito altaneiro e ilustrado: coleções completas — com um constrangedor aspecto de intocadas — de Jorge Amado, Monteiro Lobato, Fernando Sabino e José Lins do Rego, acompanhadas de clássicos infantis como *Contos dos irmãos Grimm*, *Alice no País das Maravilhas* e a série *Harry Potter*, conviviam com compêndios de jardinagem e gastronomia. A destoar um pouco da assepsia literária, havia também uma imensa e bem manuseada coleção da revista Playboy.

Segui até uma porta fechada, que supus ser do quarto de dormir. Redobrei a cautela — nunca se sabe o que se pode encontrar do outro lado de uma porta fechada.

Abri devagar e busquei a cama com o débil facho de luz.

Vazia.

A suíte era grande e lembrava um quarto de motel.

Deduzi que o morador, ou alguém antes dele, transformara dois quartos originais em um só. A cama de casal ficava de frente para uma enorme tela de plasma. Na mesa sob a tela, espalhava-se uma formidável coleção de filmes eróticos em DVD, com títulos para todos os gostos: de *Ânus dourados* até *Terroristas do sexo*. Havia material para um bacharelado completo em educação sexual.

Ao lado dos filmes, uma bandeja com uísque, conhaque e cachaça.

Tudo indicava que o quarto de dormir era também um abatedouro sexual.

Restava descobrir que tipo de presa se abatia por ali.

A alguns metros da cama, havia uma escrivaninha com um computador. Liguei-o, mas não consegui entrar nos arquivos do usuário, já que não conhecia sua senha e não tinha paciência de tentar encontrá-la aleatoriamente, como conseguem os investigadores adivinhos dos filmes americanos.

Desliguei o computador.

Abri as gavetas da escrivaninha: contas de luz e telefone, um passaporte vencido, molhos de chaves. Nada muito substancial. A escritura de um terreno em Bertioga.

A última gaveta estava trancada.

Tentei a gazua, mas ela não se adaptava à pequena fechadura da gaveta, antiga, compatível com um móvel adquirido provavelmente num antiquário. Eu não tinha ido até ali só para ver a bela coleção de filmes pornôs do morador e sua descolada escrivaninha barroca.

Era preciso abrir aquela gaveta.

Fui até a cozinha e peguei uma das faquinhas afrescalhadas do gourmet. Voltei ao quarto e não precisei de mais do que um minuto para arrombar a fechadura. O que vi lá dentro fez meu coração disparar e por pouco não saí correndo, aterrorizado.

19.

I've traveled for miles around
Seems like everybody wanna put me down

A voz de Riley Ben King funcionava como trilha sonora da alvorada goianiense. Se é que se pode chamar de voz um som que é ao mesmo tempo emitido pela garganta e pelos dedos de um mesmo homem.

Eu olhava a cidade da janela do meu quarto de hotel. Há quanto tempo não dormia? E quem precisa de sono, se tem o blues?

Riley Ben, universalmente conhecido como Blues Boy — B. B. King para os íntimos —, tem a capacidade de fazer o ouvinte acreditar que os sons de sua voz e de sua guitarra emanam de um mesmo lugar, um espaço delimitado entre sua caixa torácica e seu avantajado abdome, como se a voz soasse do estômago e a guitarra do coração, ambas pulsando juntas no fundo de seu organismo.

Ou então eu estava viajando um pouco, mas não ingerira uma gota sequer de álcool nas últimas quarenta e oito horas, posso garantir.

I'm a bluesman
But I'm a good man, understand

Eu adoraria ser um bluesman, mas deles só herdei a capacidade de sofrer e a incapacidade de ganhar dinheiro. Tocar e cantar que é bom, nada.

Diz a lenda que, quando jovem, B. B. King tocava sua guitarra Gibson num baile numa cidadezinha do Arizona quando dois homens começaram a brigar. Fazia muito frio, e alguém havia acendido um barril com querosene para esquentar o salão. Na briga, os homens entornaram o barril e um incêndio se iniciou. Em minutos as chamas ocuparam o lugar e todos saíram correndo. Só quando chegou à rua B. B. King se tocou de que tinha deixado a guitarra lá dentro. Voltou abrindo caminho entre chamas e labaredas e recuperou a guitarra, intacta. Dias depois, quando soube que a briga entre os dois homens se iniciara por causa de uma mulher chamada Lucille, B. B. King batizou sua guitarra de Lucille e desde então todas as suas guitarras são chamadas por esse nome.

Lucille.

As coisas em que a gente pensa quando o sol nasce em Goiânia.

Meu problema foi nunca ter encontrado uma Lucille.

Eu ainda tentava me recuperar do choque causado pela visão do que havia na gaveta da escrivaninha de Filadelfo. Lembrei a cena mais uma vez. Lá dentro, apenas uma folha de papel. Um bilhete escrito à mão.

Bellini!
Sabia que você ia aparecer. Bem-vindo. Fique à vontade. Mas não perca seu tempo. O que você procura NÃO está aqui.
Abraço carinhoso,
Filadelfo Mendes Menezes

Qualquer hora dessas meu coração para de bater.

Agora que eu estava sóbrio e o sol de Goiânia invadia a janela do meu quarto com a objetividade de um cometa, ficava claro — claríssimo — que Filadelfo havia me atraído para uma armadilha. O homem realmente estava me propondo algum tipo de enigma. Difícil era avaliar a extensão da brincadeira. Eu devia ter desconfiado quando Marlon disse que eu fora recomendado pelo delegado como um especialista em sequestros. A vaidade é meu pecado favorito, disse o diabo uma vez que o encontrei num cinema em São Paulo. Começava a ficar óbvio para mim que a mensagem enviada do meu celular fora só um álibi premeditado por Filadelfo para justificar a ação policial no Pontal da Coruja.

The burden that I carry, oh, is so heavy
It seems like ain't nobody in this great big world

Fechei os olhos, ao som de B. B. King, e lembrei do rosto de Filadelfo Menezes. Não me era uma fisionomia totalmente estranha, mas de onde conhecia aquela figura? Trezentos rostos diferentes passaram pela minha cabeça — e entre eles estavam os de B. B. King, Muddy Waters, Robert Johnson, John Lee Hooker e o da Antonieta, a putinha viciada em iPhone que eu tinha comido dois dias antes.

Mas não me lembrei de onde conhecia Filadelfo. Se é que o conhecia de algum lugar.

As questões eram:

O quanto Filadelfo estava realmente envolvido no sequestro?

Ele sabia que sob o disfarce do sequestrador estava Brandãozinho?

Ou teria premeditado a morte do sequestrador e acabou matando o Brandãozinho sem querer?

Ou seu objetivo era mesmo liquidar o Brandãozinho?

Ou não premeditara a morte de ninguém e me atraíra até Goiânia com outros objetivos e tudo dera errado no final?

Fechei a cortina, desliguei o discman e procurei a agenda em que anotara alguns nomes e números fornecidos por Marlon Brandão. Depois, peguei o telefone na mesa de cabeceira, sentei na cama e acomodei o aparelho no colo. Era preciso começar a procurar alguma pista *fora* de Goiânia.

20.

"Alô?"

A voz soava como um trovão do apocalipse.

"Que horas são?", rufou o trovão.

"Seis e quinze da manhã", eu disse.

"Caralho!", grunhiu Eliane Bomfim, a empresária de Marlon e Brandão. "Quem fala?"

"Remo Bellini. Desculpe a hora, é importante."

"Alguém morreu?"

"Além do Brandãozinho, ninguém que eu saiba."

"Vou abrir uma exceção pra você, Bellini. Não costumo funcionar antes das dez horas."

"A recíproca é verdadeira, Eliane. Digamos que eu também estou abrindo uma exceção para você."

"Encantada. Isso parece conversa de advogado."

"Eu sou advogado. Ninguém é perfeito."

"Me desculpe por não rir das suas piadinhas. Não é que elas sejam ruins, mas meus maxilares não conseguem se mover com muita agilidade antes de eu escovar os dentes."

"Você está extremamente mal-humorada ou é impressão? Quer que eu ligue mais tarde?"

"Adivinhão. Estou mais do que mal-humorada, estou puta. Putaça. Mas isso não tem nada a ver com acordar cedo. Tem a ver com a morte do Brandão e com os mais de cinquenta shows que eu estou cancelando. Além do dinheiro que tenho de devolver para os contratantes. Não sei você, mas devolver dinheiro é o tipo da coisa que me emputece."

"Não sei o que é devolver algo que nunca possuí. Imagino que deva ser horrível. Mas em pouco tempo isso deve se resolver, tenho certeza. O Marlon vai seguir carreira solo, não?"

"Espero que sim. Deu certo com o Daniel e o Leonardo."

"Daniel e Leonardo? É outra dupla sertaneja?"

"Ah, esqueci que você não conhece o mundo sertanejo. É um cara sofisticado, amante de jazz."

"Blues."

"Tudo a mesma merda. Música de escravos e drogados, a criação dos negões fodidos americanos que virou sinônimo de bom gosto musical e refinamento estético. O mundo dos mortais é mais embaixo, Bellini. João Paulo e Daniel e Leandro e Leonardo foram duplas sertanejas pop de enorme sucesso nos anos noventa. Em 97 o João Paulo morreu num acidente de carro. O Leandro faleceu no ano seguinte, de um câncer no pulmão. Daniel e Leonardo prosseguiram com carreiras solo muito bem-sucedidas e estão aí até hoje, bombando. Tudo bem, eles podem não tocar no Blue Note de Nova York, mas costumam lotar arenas nas cidades brasileiras. Espero que o Marlon não pire o cabeção e mantenha o prumo. Nossa, tô falando demais. Desse jeito vou ficar rouca antes de começar o trampo. Manda, Bellini. Antes que eu comece a pensar em tudo que tenho de fazer ainda hoje e te mande catar coquinho. Vejo que está me ligando de Goiânia."

"Continuo preso no mesmo pesadelo. E sem celular."

"Como você aguenta?"

"Ficar sem celular?"

"Ficar em Goiânia! Isso aí é o cu do mundo. Se eu passo mais de dois dias em Goiânia, preciso ficar longe de comprimidos e armas de fogo. Senão me mato."

"Por que você foi me dar a ideia? Tenho uma arma no bolso."

"Descarregue imediatamente! Sai logo daí, conselho de amiga. Agora me deu peninha. Vou fazer a fofinha: como posso ajudar? O que você quer saber?"

"Quero saber qual era a do Brandãozinho. Por que cargas d'água se meteu nessa furada."

"Bom dia, Bellini. Não tenho mais nada pra te dizer. Eu não conhecia assim tão bem o Brandão. Nem ele nem o Marlon. Eram meus clientes, tínhamos uma relação profissional."

"Qual é, Eliane? Você estava com a família no dia seguinte do desaparecimento do Brandão. Em Goiânia!"

"O apoio à família em momentos difíceis faz parte do meu repertório profissional. Mesmo que isso signifique ir até Goiânia."

"Uma empresária zelosa como você com certeza sabia o que se passava nas internas durante as turnês."

"O que sei é o que você também já está careca de saber: o garoto era um emérito *testa di cazzo*, recordista mundial, segundo o Guinness, nas categorias fornicador e frequentador de bordéis. Além disso o que posso dizer? Que o Brandão era um banana, um cara que agia como uma criança idiota e mimada, sempre à sombra do irmão mais velho? Um santinho do pau oco, ou do pau louco, que não fumava, não bebia, não cheirava, não tinha namorada, cantava mal e adorava passar o rodo em qualquer piranha que cruzasse seu caminho? Te ajudei?"

"Não muito."

"Sai daí, cara. Goiânia pode acabar te matando. De tédio."

"O tédio. Além de se relacionar com putas, o que mais o Brandão poderia fazer para se livrar dele?"

"Sei lá, Bellini. Lembro que no começo da carreira, antes de eles construírem o estúdio de gravação em Goiânia, Marlon e Brandão costumavam gravar seus discos aqui em São Paulo. O Brandãozinho já tinha fama de rei da zona e passava horas desaparecido. Todo mundo sempre presumia que ele estivesse em algum puteiro, mas será que estava mesmo? São Paulo é uma cidade grande, cheia de opções para um pervertido provinciano."

"O que você quer dizer com isso? Que talvez ele fosse gay?"

"Não. Quero dizer com isso que você deveria sair de Goiânia. A família do Brandão não sabe quem ele era de verdade. Eu também não. Mas se houver algum enigma a ser desvendado, a chave deve estar fora daí."

Tive ímpetos de sair correndo para o aeroporto naquele instante.

"E os músicos que acompanhavam Marlon e Brandão? Talvez saibam de alguma coisa."

"Duvido muito, mas posso passar o contato de todos, se você quiser."

"Eles moram aqui em Goiânia?"

"Não são loucos. São todos de São Paulo. Que músico que não seja um ídolo sertanejo suportaria viver em Goiânia?"

"O.k., Eliane. Vou te procurar quando voltar para São Paulo. Gostaria de ter uma conversa mais detalhada."

"Apareça, sim, vamos tomar umas brejas aqui na Vila Madalena. Tem um monte de barzinhos perto do escritório."

"Eu ligo", disse. "Se sobreviver a Goiânia."

"Depois das dez, por favor", ela disse, e desligou.

Fiquei um tempo deitado, olhando para o teto.

Depois fechei os olhos e comecei a ter visões da Vila Mariana, bairro paulistano em que nasci. Numa das visões, percorria a rua dona Júlia, totalmente vazia, apesar do dia claro. Em outra visão, andava à noite pela rua Domingos de Morais, igualmente vazia, e entrava na pizzaria Livorno. O salão da pizzaria estava sempre lotado e barulhento. Eu caminhava entre as mesas, mas ninguém me notava. E então chegava a uma mesa em que estavam sentados Túlio Bellini e Lívia Bellini, já idosos. Ao lado deles, havia um adolescente de mais ou menos quinze anos. Eles comiam uma pizza gigante de calabresa. Ao contrário dos outros fregueses, os três não se falavam. Apenas comiam, silenciosos, cada um concentrado em seu próprio prato. Demorei para perceber que aquele adolescente era eu.

21.

Mal toquei a campainha e dona Sula abriu o portão como se estivesse me esperando atrás do muro.

"Pobrezinho", ela disse. "Está melhor?"

"Acho que sim."

"Não parece. Entra, você deve estar com fome. Não vai ter pequi hoje, juro."

Torci para que não houvesse nada muito sólido no cardápio. As pontadas no céu da boca não me deixavam esquecer a agudeza da gastronomia goiana.

Segui dona Sula pela sala. Mais cedo, a meu pedido, havíamos combinado um encontro e ela sugeriu que almoçássemos juntos em sua casa.

"Não estranhe a bagunça", dona Sula disse. "Não consigo ter empregada, sabe? Não perco o costume de limpar minha casa, lavar minha roupa e preparar minha comida. Não nasci para ser madame, mas o Marlon não aceita. Acho aquele condomínio onde ele mora um horror. Não tem uma venda por perto, nada. Só mansões, como se aquilo fosse um cenário de novela. O Marlon faz questão de mandar umas meninas aqui pra me ajudar com a limpeza, mas eu logo dispenso. Por mim, continuava morando na mesma casinha em que vivíamos antes dos meninos ficarem famosos."

Chegamos à mesa posta para três pessoas.

"Riboca!", gritou dona Sula.

"Senhora?", a menina respondeu de algum lugar do quintal.

"Vem almoçar!" Dona Sula virou-se para mim. "Se não fosse a Riboquinha, acho que eu já teria morrido de tristeza, Bellini. Está muito difícil depois que o Montgomery morreu. Deus me perdoe, mas perder um filho é provação demais para uma mãe. Cuidar da Riboca me distrai um pouco. Essa menina sempre foi uma bênção para a nossa família."

"Oi!", disse a bênção em carne e osso, chegando esfogueada de algum lugar.

Depois de me beijar o rosto, Riboca sentou-se à mesa. "O que tem hoje?"

"Já lavou a mão?", perguntou dona Sula.

A menina aquiesceu, embora não tenha me convencido de que tivesse mesmo lavado as mãos.

"Bisteca", disse dona Sula. "Pode sentar, Bellini. Vou buscar a comida."

Senti um leve latejamento no céu da boca e me sentei ao lado de Riboca.

"Estava jogando vôlei?"

"Nada. Estava dando comida pro Jackson Five."

"Quem é Jackson Five?"

"O cachorro. Um pastor-alemão, presente do Brandãozinho pra mãe."

Dona Sula chegou com uma bandeja. Levantei-me para ajudá-la.

"Senta aí!", ela ordenou. "Você é meu convidado."

Sentei-me. Como se sabe, não ouso questionar ordens de uma mulher determinada. Ainda mais uma que pesa mais de cem quilos e carrega uma bandeja cheia de panelas fumegantes. Aos poucos eu começava a simpatizar com dona Sula, além de me compadecer dela. Estaria a abstinência me transformando num sentimental?

"Aceita uma cervejinha?", ela perguntou.

"Aceito."

As coisas estavam complicadas demais para serem analisadas sem o auxílio amargo do lúpulo.

Não sei se foi a cerveja, mas minhas mandíbulas deram conta da bisteca que, aliás, estava macia e muito saborosa. Assim como a couve com torresmo, o feijão, o tutu, a farofa com banana e os ovos fritos com gemas moles, que manchavam de um amarelo intenso o arroz branco e brilhante.

Um banquete.

"O Marlon falou que você quer visitar o apartamento do Montgomery...", disse dona Sula, enquanto trazia o doce de leite com queijo minas e o café.

"Se a senhora não se importar", afirmei.

Ela permaneceu em silêncio enquanto eu e Riboca tratávamos de degustar a sobremesa. Soberba, aliás.

"Ainda não voltei lá depois que ele morreu", disse dona Sula de repente. "A chave do apartamento ficou comigo. Nem deixei ninguém entrar, só a polícia, muito rapidamente, e mesmo assim só porque Marlon, Leo e Lisandro insistiram e me convenceram de que era muito importante. Eles ficaram lá o tempo todo e só permitiram que o computador do Montgomery fosse levado porque os policiais tinham um mandado de busca e apreensão emitido pelo juiz. Mas já averiguaram o computador e está tudo certo. Logo vão me devolver. Quero preservar aquele apartamento do jeito que está. Sei que meu filho não fez nada errado e tudo ainda vai ser esclarecido."

"Posso sair?", perguntou Riboca.

"Sair pra onde, meu anjo? Você vai me acompanhar com o Bellini até o apartamento do Montgomery."

"Legal", disse Riboca, sorrindo. "Posso escovar os dentes?"

"Vai logo", disse dona Sula.

Riboca saiu correndo e dona Sula serviu o café.

"Excelente refeição", eu disse. "A senhora cozinha muito bem."

"Obrigada. Você toma com açúcar?"

"Puro."

Bebemos nosso café.

"Desculpe tratar desse assunto agora, mas a senhora tem alguma ideia do que pode ter levado o Brandão a simular o próprio sequestro?"

"O Montgomery era uma criança, Bellini. Mesmo. Só posso acreditar em duas possibilidades: ou ele estava brincando, passando um trote em todo mundo, ou estava tomado por algum espírito maligno."

"São duas possibilidades bem distintas", eu disse.

"O que importa? Ele está morto agora. A hora dele chegou. Quem somos nós para duvidar dos desígnios de Deus? Aceita um licor de jabuticaba? Eu mesma preparei, com as frutas aqui do quintal."

Antes que eu pudesse responder, Riboca voltou saltitando à sala. "Vamos?"

Ou a cerveja estava começando a me pregar peças ou Riboca tinha se maquiado para sair.

"O licor fica para outra ocasião, dona Sula", agradeci. "Podemos ir agora."

22.

Riboca estava mesmo maquiada.

Dona Sula não parecia achar nada de estranho no fato.

"Essa menina é muito vaidosa", disse quando saímos de sua casa em direção ao apartamento de Montgomery Brandão.

Talvez eu não tenha acompanhado com a devida atenção as mudanças no comportamento das adolescentes goianienses nos últimos tempos. Bem, havia coisas bem mais relevantes que eu também não havia acompanhado.

O apartamento que pertencera ao filho caçula ficava a duas quadras da mansão da matriarca dos Souza Brandão. Caminhamos em silêncio. Notei que dona Sula estava nervosa. Riboca, ao contrário, parecia uma borboletinha em seu voo vespertino.

Chegamos ao Edifício Villages de Guerlain e subimos a pé os oito andares até a cobertura. Dona Sula era claustrofóbica e não suportava elevadores. Uma maratona completa não teria me cansado tanto.

Nem à dona Sula.

Riboquinha continuava flanando como uma lagartixa. Sua vitalidade devia ter algo a ver com seu nome, inspirado no tênis Reebok. Além da juventude, claro.

Quando chegamos ao hall de serviço, enquanto meu coração tentava reencontrar o ritmo e dona Sula, bufando, procurava a chave da cozinha na bolsa, lembrei que precisava marcar com urgência um checkup cardiológico quando voltasse a São Paulo.

No apartamento espantaram-me o luxo e o mau gosto.

Eu já devia ter me acostumado às extravagâncias estéticas dos Souza Brandão, mas a decoração da moradia de Brandãozinho extrapolava a mais excêntrica das expectativas. O lugar parecia um salão de festas para crianças. Sofás coloridos, poltronas azuis, mesas verdes como abacates. O chão não era recoberto por tapetes, mas por revestimentos coloridos de borracha, como em escolas infantis. Televisões e aparelhagem de som dividiam o ambiente com carrinhos de pipoca, brinquedos e games eletrônicos. Nas paredes, fotos imensas dos próprios Marlon e Brandão em diversas fases da carreira, além de fotos de Beyoncé, Madonna, Lady Gaga, Ivete Sangalo, o palhaço Bozo e um espaço todo dedicado a fotos do grupo Jackson Five.

Dona Sula começou a chorar.

"Meu filho! Meu filhinho!", ela disse, debatendo-se, e ofereci-lhe o ombro como um ponto de apoio. Em seguida nos sentamos num sofá com as cores do arco-íris e dona Sula prosseguiu chorando, agora num volume mais baixo, como num lamento. Pedi que Riboca buscasse um copo de água com açúcar na cozinha.

"Se a senhora preferir, podemos ir embora", eu disse.

"Não. Aqui eu sinto o cheiro dele."

De alguma forma me emocionei. O invólucro de cinismo e amargura que envolvia meu coração se desfez por alguns segundos e engoli em seco.

Que merda eu estava fazendo naquele lugar, consolando a mãe de um estranho e falecido cantor sertanejo?

Riboca chegou com o copo de água com açúcar, mas dona Sula cuspiu com veemência depois de dar um gole. É que a menina se confundira e, em vez de açúcar, misturara sal à água.

Algum tempo depois dona Sula estava aparentemente recuperada e me conduziu pelos outros aposentos do apartamento de Montgomery Brandão. O padrão "salão de festas infantil" se mantinha nos outros cômodos. Chamava a atenção a ausência absoluta de livros na casa, ou de qualquer coisa que pudesse ser lida, com exceção das caixas de cereais matinais na dispensa e das bulas dos remédios numa gaveta do banheiro.

Por outro lado, havia um quarto inteiro dedicado ao armazenamento de CDs e outro que funcionava como uma sala de troféus, com discos de ouro e platina pendurados nas paredes, além de prêmios e fotos da dupla em programas de televisão e em grandes shows, cantando para multidões.

Quando entramos no quarto de dormir de Brandãozinho, dona Sula voltou a chorar baixinho. O padrão de decoração ali era um pouco diferente. Apesar dos móveis coloridos e do tapete azul que simulava um céu repleto de nuvens e aviõezinhos com feições humanas, havia nas paredes crucifixos e imagens de santos e cristos agônicos. Num canto do quarto, notei um pequeno altar com candelabros, porta-hóstias e outros objetos usados por padres em missas. No canto do altar vi um porta-retratos com uma foto preto e branco do padre Pedro ainda rapaz, sorrindo entre pombos na praça San Marco, em Veneza. Havia um terço ao lado do porta-retratos.

"Meu marido morreu muito novo, Bellini", disse dona Sula, com os olhos vermelhos. "E, enquanto viveu, só fez trabalhar. Desde os tempos em que ainda morávamos em Piracanjuba, dei um duro que só Deus sabe pra criar praticamente sozinha esses meninos. Meu marido era um homem bom. Ignorante, mas gostava de música. Tocava um pouco de violão, arranhava, como ele dizia. Era fã do Sérgio Reis e adorava cantar "O menino da porteira". Cantava o "João-de-barro" também. E "Índia". Logo que casamos e os gêmeos nasceram, ainda lá em Piracanjuba, ele batizou os dois como Leo e Lisandro desejando que virassem uma dupla quando crescessem. Mas o Leo e o Lisandro nunca tiveram jeito pra música. Quando o Marlon nasceu, meu marido já tinha desistido da música. O violão já tinha virado poleiro pras galinhas. Agora ele queria que o menino fosse ator de televisão. Quando veio o caçulinha, ganhou o nome de

Montgomery, que meu marido achava muito distinto. Ele descobria esses nomes olhando fotos das revistas antigas de cinema que eu ganhava da dona Roberta, minha patroa quando eu trabalhava de doméstica. O Marlon e o Montgomery eram pequenos quando meu marido teve um ataque cardíaco e morreu. Ele fumava muito e estava sempre nervoso e agoniado. A preocupação com o futuro dos meninos acabou sobrecarregando o coração dele. Não viveu pra ver o sucesso dos filhos."

"O que importa", eu disse, sentindo-me absolutamente falso, "é que Marlon e Brandão deixaram sua marca na música brasileira."

"Ele foi coroinha", disse dona Sula, caminhando até o altarzinho. "O Montgomery podia ter sido padre. Ele tinha vocação."

"Um bom menino", eu disse, sentindo-me o mais odioso dos cínicos.

Dona Sula ajoelhou-se na frente do altarzinho, pegou o terço e começou a rezar. Se ela tivesse tirado a roupa eu não me sentiria mais intruso do que ao vê-la orar, contrita. Reparei que Riboca não estava mais no quarto e saí de fininho em respeito à dor e às convicções daquela mulher.

Atravessei um corredor em que as paredes eram revestidas por discos de ouro e de platina e fui acometido por vertigens.

Na sala, Riboca brincava com animaizinhos de pelúcia que se espalhavam sobre uma espécie de colchão cor de abóbora.

"Era aqui que eu sempre brincava com o Brandãozinho", ela disse, sem tirar os olhos de um bichinho que acariciava. "Quer brincar comigo?"

"Obrigado, Riboca. Já esqueci como era brincar", eu disse, zonzo. Caminhei até a janela sentindo a garganta sufocar.

23.

    Alberta Hunter, a grande cantora e compositora de blues, já tinha quase setenta anos de idade quando foi descoberta trabalhando como enfermeira num hospital em Nova York. Isso foi em 1961. Ela tinha feito muito sucesso de meados dos anos 1920 até o começo dos anos 1950, mas a morte da mãe fez com que desse uma virada completa na vida e abandonasse os palcos e estúdios para se tornar enfermeira. Quando foi encontrada casualmente por um produtor musical no hospital em que trabalhava, Alberta estava havia onze anos sem cantar profissionalmente, esquecida do grande público. Ainda se passariam mais quinze anos, quando se aposentou do trabalho no hospital, antes que voltasse a cantar profissionalmente. De 1977 até 1984, quando morreu com quase noventa anos, Alberta Hunter viajou e cantou seus blues pelo mundo inteiro.

> *I've cried both night and day*
> *You've always had your way*
> *But now you're leavin'*
> *You're going away to stay...*

    Eu contemplava a noite goianiense da janela do quarto do hotel. Enquanto ouvia Alberta Hunter cantar "Someone Else

Will Take Your Place", cheguei à conclusão de que se aproximava o momento de pensar em outra carreira. O problema é que eu não me via como um enfermeiro confiável. Faltava-me um requisito fundamental para a profissão: compaixão. Alguém poderia argumentar que eu teria sempre o blues, mas meus dotes musicais nunca conseguiram suplantar a categoria de um bom ouvinte, e só. Sou incapaz de emitir uma blue note e sou daquele tipo de sujeito que não canta nem no chuveiro, por vergonha de que ouçam minha voz. As investigações, era preciso admitir, não estavam me levando a lugar nenhum. Pelo contrário: as duas únicas pistas concretas apontavam para eventos fora de Goiânia.

Primeira pista: a imagem do sujeito que entrara no meu quarto de hotel e enviara a mensagem do meu celular para Filadelfo. Estava claro — e a opinião do delegado Vieira confirmava isso — que se tratava de um profissional de outra freguesia que viera até Goiânia apenas para realizar com eficiência a tarefa de me comprometer sem deixar vestígios de quem era e dos motivos que o levaram a me envolver na situação. Além, claro, de fornecer uma justificativa inquestionável para Filadelfo comandar a malfadada operação policial.

Segunda pista: o bilhete de Filadelfo. Não havia dúvidas de que ele estava me atraindo para uma armadilha. Mas qual? E por que razão me propunha um jogo tão obscuro?

Nada disso fornecia pista alguma dos motivos que levaram Brandãozinho a simular o próprio sequestro. Sobre ele, aliás, tudo que eu descobrira era que perfazia a mais idiotizada versão de uma esfinge infantiloide e sertaneja. Quanto à minha suposição de que suas retiradas de dinheiro do banco sugeriam que fosse vítima de uma chantagem, o que me cabia apresentar a Marlon como resultado de minhas investigações? Que Brandãozinho provavelmente sofria chantagem de alguma prostituta que ameaçava revelar ao mundo o tamanho diminuto de seu pênis?

Poupei-me de levar a hipótese adiante.

Se me restava algum vapor de dignidade, eu deveria admitir para o Marlon que a investigação estava empacada e iria embora sem cobrar nada dele.

A questão era saber se me restava.

Restava?

Voltei a contemplar a noite pela janela do quarto. Não sei quantos minutos se passaram até que vi lá embaixo, numa rua lateral à entrada principal do hotel, Marianne Daíra caminhando sozinha pela noite de Goiânia.

Ou Mariana da Costa.

Ou Ariadne.

Enquanto caminhava, ela ouvia música de um iPod preso ao braço direito e conectado às orelhas por fones de ouvido. Nada como a visão de um fantasma de minissaia e botas de cano alto curtindo um som para distrair um homem de questionamentos complexos a respeito de sua própria dignidade. Desvencilhei-me rapidamente de Alberta Hunter e desci correndo as escadas até a recepção do Costa's Plaza.

Saí do hotel, virei à esquerda na avenida B e notei a figura caminhando quatrocentos metros à frente. Segui-a pela ladeira de declive acentuado. Cheguei a uma rua sinuosa, alameda das Rosas, e vi que no lado oposto havia um parque. Quase não passavam carros pela alameda e os postes de luz não produziam muita claridade. No entanto, mais uma vez comprovei a intensa e subjetiva luminosidade da noite goianiense: Ariadne se distanciava à esquerda de onde eu estava, na calçada oposta, circundando o parque. Uma espécie de luz opaca parecia emanar da minissaia jeans. Ou talvez a observação tenha sido pura licença poética de uma mente bastante perturbada.

Continuei no encalço da cantora fantasma, ou da caçulinha maluca do dono do hotel, e reparei num portão alto, fechado àquela hora, que anunciava a entrada do Parque Zoológico de Goiânia. A visão de jaulas, gaiolas e viveiros dentro do parque me distraiu por um instante e, quando olhei novamente para a frente, não localizei Ariadne. Parei por um segundo, olhando para os lados.

Cadê aquela luz toda que emanava da minissaia?, perguntei-me.

Percebi uma movimentação entre arbustos, dentro do parque, do outro lado de um cercado de alumínio que delimitava o zoológico.

Certifiquei-me de que ninguém me observava e pulei a cerca.

Caminhei entre árvores e vegetação baixa em direção ao centro do parque. Havia um lago, e contornei-o até chegar próximo de um grande viveiro.

Ouvi um sussurro: *"Hey mister tambourine man, play a song for me"*.

A voz inconfundível de Marianne Daíra me chamava em seu dialeto peculiar de cantora goianiense de opereta. Das minhas várias encarnações em Goiânia, talvez a de mister tambourine fosse a mais original. Agora eu era o senhor pandeiro.

"Aqui", ela disse. *"I'm not sleepy and there is no place I'm going to..."*

Mas eu não conseguia vê-la.

"Atrás das pedras."

"Marianne?", chamei, sentindo-me meio ridículo por pronunciar aquele nome caprichando na pronúncia em inglês, *Mériêine*.

"Shhh! Silêncio! Quer que os guardas peguem a gente aqui?"

Calei-me. O problema é que não conseguia ver onde ela estava. Que pedras?

Um estranho grunhido — assustadoramente grave e abafado, como o som emitido por um estrangulado em seu estertor — fez meu coração disparar. Estaria a fantasminha cantora exercitando a voz?

Nem mesmo Janis Joplin solfejaria com tanto feeling.

"Aqui!", ela insistiu. "Não está vendo as pedras?"

Eu devia ter levado meus óculos. Fiz um esforço, franzindo os olhos, e vi finalmente algumas pedras entre arbustos, ao lado de um cercado de troncos de madeira a alguns metros de onde eu estava. Uma mão me acenava por trás das pedras.

Preocupado com a possibilidade de ser flagrado ali — o que não adicionaria nada de edificante à minha desgastada imagem pública —, rastejei até onde a simpática mãozinha me acenava. Atrás das pedras, de frente para o cercado de madeira, tive uma visão digna de um Adão antes da expulsão do Éden: Marianne deitada, recostada sobre uma pedra, com a minissaia casualmente erguida, o que possibilitava o descortinamento da calcinha branca — e do suave montinho de Vênus que ela envolvia — em todo o seu esplendor.

"Deita aí", disse Marianne. "Ela já vai aparecer."

"Ela?", perguntei enquanto me ajeitava ao seu lado, procurando um ponto da pedra que não me ferisse a nuca.

Marianne tirou um celular da bota e olhou as horas.

"Ela sempre aparece a essa hora."

"Quem?"

"A girafa", Marianne disse.

E então a própria apareceu, olhando para nós dois do alto de seu interminável pescoço, e repetiu o mesmo grunhido que me intrigara alguns minutos antes.

"Ela não é linda?", perguntou Marianne.

Eu estava surpreso demais para dizer qualquer coisa.

"O nome dela é Marianne Faithfull", disse, sorrindo para a girafa. "Minha xará."

24.

"Não conheço ninguém que guarde o celular na bota", eu disse.

"O bolso da minissaia é muito apertado. Você devia ter me contado a história do Brandão. Por que não me disse que estava aqui para ajudar a família dele?"

"Existe dupla sertaneja de mulheres?", perguntei.

"Ei, você não está me ouvindo!", disse Marianne.

Continuávamos deitados no chão do zoológico, contemplando o céu estrelado como se não houvesse todo um planeta sob nossas costas. Marianne, a girafa com nome de cantora de rock, já tinha desaparecido dali.

"Shhh", eu disse. "Você está falando muito alto."

"É porque você não está me ouvindo."

"Estou, sim. É que enchi o saco de ficar falando do Brandão. Essa história já deu. Você conhecia a figura?"

"*I tell you it was all a frame, they only did it cause of fame...*"

"Dá pra falar na minha língua?"

"Desculpe, pensei que os Sex Pistols poderiam iluminar um pouco a conversa. Eca, claro que eu não conhecia o Brandão! Quero dizer, conhecia de ver na TV e ouvir no rádio. Contra minha vontade, que fique bem claro. Odiava, e continuo odiando,

Marlon e Brandão com todas as minhas forças. Mas não é nada pessoal, odeio todos eles, não suporto duplas caipiras."

"Me explique por que não existem duplas sertanejas femininas."

"Sei lá", disse Marianne. "Cago pra música caipira."

"Ninguém mais fala música caipira. É um termo pejorativo. Música sertaneja é a definição correta. Hoje em dia existe até o sertanejo universitário, algo que não sei o que quer dizer, pois me parece um paradoxo, mas que sem dúvida confere certa respeitabilidade ao gênero."

"O que deu em você, Bellini? Foi contratado pra ajudar a família no sequestro ou para defender a honra do horror sertanejo com argumentos patéticos? Dá licença, acho que vou vomitar."

"Pensei que todos aqui amassem música sertaneja."

"Você não entendeu meu nome?"

"Entendi. Ariadne."

"Hã?"

Virei o corpo e fiquei praticamente sobre o enigmático e fugidio fantasma de minissaia: "Bom você ter tocado nesse assunto. Estou há dias assombrado pelo seu nome. Ou pelos seus nomes. Por que tanto mistério?".

"Você estava bêbado mesmo naquela noite, hein?"

"O suficiente pra ter deixado de fazer uma coisa que eu devia ter feito."

"O quê?"

Beijei-a, finalmente.

Há momentos em que palavras definitivamente não fazem falta.

Seguiram-se vários beijos, intensos e dinâmicos.

Eu já devia estar recuperado das ferroadas dos espinhos — ou então o pequi manifestava um insuspeito e retardado efeito afrodisíaco —, pois Marianne, a certa altura do entrevero bucal, sugeriu: "Você beija bem, por que não tenta alguma coisa parecida lá embaixo?".

O tipo da proposta que realmente enternece um homem.

Ajoelhei-me de frente para aquelas duas pernas abertas e retirei a calcinha cuidando para que as botas de caubói não danificassem a delicada peça de linho (ou seria de algodão?).

Lambi a região pelo tempo que aguentei antes de tirar meu pau para fora da calça e, bem, fazer todas aquelas coisas que pessoas fazem quando estão deitadas umas sobre as outras, arfando como animais.

Estávamos num zoológico, afinal de contas.

Depois de gozar, experimentei alguns minutos de catatonia e desorientação. E angústia, claro. Logo que recobrei as forças, voltei ao que interessava. "Você ainda não me explicou o mistério do seu nome."

Achei que Marianne estava dormindo, porque ela não disse nada.

Virei o rosto e ela olhava para cima com olhos arregalados.

A angústia, eu já devia saber, não era exclusividade minha.

"Hã?", ela disse, dando-se conta de que havia alguém ao seu lado.

"O seu nome."

"Mariana da Costa."

"Não era esse o nome com que você se apresentou naquela noite."

"Provavelmente porque eu vestia outra persona na ocasião."

"Você é cheia de mistério, Mariana. Naquela noite falava sem parar e hoje está assim, um caramujo."

Peguei a calcinha largada no chão.

"Apelidei sua calcinha de Grande e Úmido Caramujo Branco", eu disse, enquanto levava a peça até o nariz e inspirava com força, como se o tecido estivesse embebido de lança-perfume.

"Que coisa nojenta", ela reagiu, rindo. "Me devolve isso, tarado!", disse, e arrancou o brinquedo da minha mão. "Grande e Úmido Caramujo Branco é um nome brega e pretensioso. Não faz jus à minha lingerie, macia como uma pétala de jasmim e não áspera como a casca de um caramujo. Quer cheirar minha bota também?"

"Tua bota eu guardo pra beber cerveja."

"Você tem algum problema sexual? É champanhe que se bebe em botas, não cerveja."

"Não gosto de champanhe. Para de me enrolar. Voltemos ao assunto: naquela noite você cantou "Mercedes Benz" e entendi que você se chamava Mary Endaíra."

"Cara, você está precisando usar aparelho para surdez", ela disse, enquanto vestia a calcinha. "Eu te disse que meu nome era Marianne da Ira. Da *Ira*. Ira causada pelo asco que sempre tive da música caipira. Mas isso foi quando eu era uma cantora punk, dez anos atrás. Foi por isso que te perguntei agora há pouco se você não tinha entendido meu nome. Marianne da Ira!"

"Não tem nada a ver com Ariadne, certo?"

"Claro que não. Ariadne é um nome cafona."

"É um nome grego."

"Soa cafona."

"Marianne da Ira não me parece o nome mais sofisticado do mundo."

"É um nome punk. Se eu quisesse sofisticação me chamaria Maria Callas."

"Se você se chama Marianne da Ira, por que disse naquela noite que cantoras sempre têm nomes duplos?"

"Porque têm mesmo. Menos eu. Sou diferenciada, uma cantora de nome triplo: Marianne da Ira. No meu caso, a preposição mais o artigo fazem *toda* a diferença. Pensei que você tinha entendido. Nada de Endaíra. De onde tirou isso? Um exame auditivo depois dos quarenta vai bem, Bellini."

Voltei a mirar o cosmos por alguns instantes.

"Endaíra ao contrário é Ariadne", eu disse.

"E daí?"

"E daí que Ariadne, na mitologia grega, é o nome da mulher que salva Teseu do labirinto de Creta. Achei muita coincidência que seu nome, lido de trás para a frente, fosse Ariadne."

"Por quê? Você acha que é Teseu?", ela perguntou, rindo.

A essa altura eu não sabia mais se tinha motivos para comemorar ou lamentar meu reencontro com Mariana da Costa, Marianne da Ira para os íntimos, obviamente uma maluca de carteirinha cujo passatempo predileto, além de ser guia do Tour Césio-137, era invadir o zoológico de madrugada para observar a girafa Marianne Faithfull bufar. Ou para, eventualmente, ser chupada por detetives em crise existencial. A história da Ariadne, embora sugerisse que eu estava enlouquecendo, tinha muito mais charme do que o realismo óbvio dos ataques punks de Marianne contra a música sertaneja.

"Que tal um conhaque no bar do Costa's?", ela disse. "*It's so cold...*"

O fato de ser maluca — e de não parar de cantar, como se tivesse engolido uma jukebox — não impedia Mariana de ter boas ideias de vez em quando.

25.

"Um brinde ao Minotauro", eu disse.

Estávamos agora no bar da recepção do Costa's Plaza. O garçom tinha deixado na mesa, a meu pedido, uma garrafa inteira do incomparável conhaque paraguaio envelhecido nas adegas subterrâneas do hotel, uma preciosidade etílica, sem dúvida. Aliás, mais que etílicas, eu desconfiava que as propriedades daquele conhaque — que se apresentava sob uma falsa identidade francesa, Emmanuel Courvoisier — eram alucinógenas.

Tudo bem que acabávamos de dar nossos primeiros goles, mas para um bom conhecedor do riscado, como eu, a perspectiva era de uma viagem de ayahuasca que se inicia com a promessa de euforia, aparições fantásticas e revelações místicas.

Além das bad trips, da ansiedade, dos enjoos e das dores de cabeça de praxe.

"Você quer mesmo conhecer a história da Marianne da Ira?", ela perguntou, depois de matar a primeira dose de um gole só.

A mesa que Mariana e eu ocupávamos ficava atrás de alguns arbustos do jardim de inverno que florescia no saguão do hotel. Notei por entre as folhagens que o recepcionista caolho tentava nos observar de detrás do balcão da recepção.

Tudo, naquele ambiente, sugeria um clima de irrealidade.

"Quer mesmo saber o porquê desse nome?", ela insistiu.

"Quero sim", eu disse. "Quero saber isso e muito mais."
"Sabe Peter, Paul e Mary?", ela perguntou, enigmática.
"O trio americano de música folk dos anos sessenta?"

"Ali por volta de 2002, 2003, quando eu estava no auge da adolescência, com dezessete anos, ouvindo as bandas que faziam sucesso na época, como o Linkin Park, percebi que minha salvação estava no rock e decidi formar uma banda como única forma de sobreviver à breguice imobilizadora de Goiânia City. Eu viajava com certa frequência aos Estados Unidos e sempre trazia de lá discos de rock, buttons, camisetas com estampas de bandas, roupas e botas de couro, coisas, assim, óvnis num lugar provinciano como este aqui. Por coincidência eu tinha dois colegas de escola, o Pedro e o Paulo, que tocavam guitarra e bateria e, como eu, odiavam música caipira, MPB e Goiânia, não necessariamente nessa ordem. Aliás, odiávamos o Brasil como um todo. Pensando bem, analisando aquele momento com distanciamento, acho que nós odiávamos a vida."

"Faz parte de uma adolescência saudável", observei.

"Então você já tem uma ideia de como éramos, eu, o Paulo e o Pedro. Resolvemos formar juntos uma banda e, quando procurávamos um nome, o Paulo se lembrou de um grupo que o pai dele amava, Peter, Paul e Mary. Tudo bem que eu era Mariana e não Maria, mas adoramos a coincidência de eles se chamarem Pedro e Paulo e resolvemos assumir aqueles nomes pra nós, mas com uma pegada punk. E, assim, eu, Mariana, me transformei, em homenagem à Marianne Faithfull, de quem sempre fui fã, em Marianne da Ira. O Paulo virou o Paul da Desgraça, e o Pedro, o Peter do Ódio, inspirados obviamente por Johnny Rotten e Sid Vicious, dos Sex Pistols."

"Nem precisa me explicar que a Desgraça era a música sertaneja e a Ira e o Ódio se voltavam para tudo que ela representava", eu disse, servindo-nos de mais uma rodada do Emmanuel Courvoisier de Ypacaraí. "Uma autêntica bobagem adolescente, enfim."

"Contra a música *caipira*, por favor. Se você falar *sertaneja* de novo, com esse tom de professor universitário que vê algum valor nesse tipo de música, vou te deixar aqui chupando o dedo."

Calei-me.

Quem sabe eu não ganharia um bis e ainda naquela noite chuparia de novo um membro mais úmido, morno e saboroso que meu dedo? De preferência num lugar mais confortável que o leito de pedras do chão do zoológico de Goiânia.

"Vai em frente", eu disse, e entornamos mais um pouco da bebericagem mágica do Gran Chaco.

"Foi assim que surgiu a PPM-137, que muita gente confundia com TPM-137, mas que era simplesmente a junção das iniciais dos nomes dos integrantes, Peter, Paul e Marianne, mais o cento e trinta e sete, pra dar uma cor local, numa alusão ao acidente que você já conhece muito bem", prosseguiu Mariana, *Mériêine* para os íntimos. "O PPM-137 é uma lenda do punk-rock goianiense, embora pouca gente tenha escutado ou visto a banda tocar. Quase ninguém queria saber de punk por aqui. Mas fizemos alguns shows naquele palquinho ali." Ela apontou o palco fantasma do bar da recepção. "E em algumas raves em fazendas, promovidas por filhinhos doidões de fazendeiros ricos."

"Raves sertanejas", eu disse, e olhei para meu indicador direito. Definitivamente não queria terminar a noite com ele na boca.

"Até que o pai do Paulo, que era engenheiro, foi transferido para Porto Alegre, o Pedro entrou na faculdade de medicina em São Paulo e o PPM-137 acabou", concluiu Marianne da Ira. "Mas deixamos nossa marca e hoje em dia Goiânia tem uma cena de rock interessante. Acho que o PPM-137 tem uma responsa nisso."

Olhei para o recepcionista caolho, que agora parecia cochilar em pé, com os dois olhos fechados.

"Pronto. Essa é a história do meu nome. O que mais você quer saber?"

"Queria confirmar a informação de que você é herdeira do

mausoléu aqui." Contemplei o vazio do saguão do Costa's Plaza.

"*So, so you think you can tell, heaven from hell?*"

Fiquei em silêncio, sem responder à profunda questão que o Pink Floyd me colocava via Marianne da Ira.

"Andou me investigando, é?", ela perguntou em seguida, com uma objetividade de fazer inveja ao Pink Floyd.

"Deformação profissional."

"Digamos que na linha sucessória sou o quarto nome. Tenho três irmãos mais velhos, todos homens e mais gabaritados do que eu para administrar a grande pirâmide da família. Sou a caçula do seu Costa, como você já deve saber. A rapa do tacho."

Demos mais uns goles e percebi que o nível do conhaque na garrafa, num movimento inversamente proporcional ao nível em nosso organismo, diminuía dramaticamente.

"O que mais você quer saber, detetive?", insistiu Mariana, e notei que sua curiosidade ia além de se perguntar se eu sabia diferenciar o inferno do paraíso, como sugeria a canção do Pink Floyd. Senti alguma coisa assustadora me rondando. Como o espírito maligno de que falara dona Sula no almoço.

"Bem, só me resta uma questão, Marianne Rapa do Tacho: onde o césio-137 entra nisso tudo? Por que tanta obsessão com essa história?"

26.

Mais um dia nascia em Goiânia enquanto eu andava a esmo, dobrando esquinas sem olhar o nome das ruas nas placas. E ouvia Robert Johnson cantando "Me and the Devil".

Early this mornin'
When you knocked upon my door
Early this mornin' ooh...

Robert Johnson, o bluesman que morreu envenenado em 1938, aos vinte e sete anos, e que deixou apenas vinte e nove músicas gravadas. Son House, outro lendário bluesman, afirmava que o talento de Johnson fora adquirido numa encruzilhada no Mississippi, quando o músico fez um pacto com o demônio.

Quem me conhece sabe que quando escuto "Me and the Devil" alguma coisa importante está para acontecer.

Ou será que minha despedida de Goiânia não era assim tão importante? Que importância havia em sair de Goiânia, afinal, depois de três semanas que quase acabaram com minha sanidade mental, para voltar a São Paulo, onde o vazio da quitinete no terceiro andar do Baronesa de Arary me aguardava repleto de fantasmas saudosos e invisíveis?

Deixa de ser dramático, Bellini, diria Dora Lobo, se pudesse falar.

Era só mais um caso que eu não conseguira solucionar.

Nada com que eu não estivesse *muito* acostumado.

When you knocked upon my door
And I said "Hello, Satan,
I believe it's time to go".

Minha mala estava no hotel.

Fechada.

Eu matava o tempo andando pela cidade, pois não conseguira dormir à noite. Uma inquietação me fazia olhar para trás de vez em quando, como se estivesse sendo seguido. Com exceção de um vira-lata que me abanava o rabo na esquina da rua 29 com a avenida Tocantins, não distingui nenhum perseguidor digno de nota. Conversara de madrugada com Marlon pelo telefone. Insistira em saber qual era a verdadeira natureza de seu relacionamento − e de seu irmão − com o dr. Filadelfo. "Éramos amigos, companheiros de noitadas e de churrascos, nada mais", dissera Marlon, que não cogitava a participação de Filadelfo no *imbroglio*. De minha parte, não revelei a ele minhas desconfianças nem meu passeio noturno à casa de Filadelfo, tampouco, claro, a descoberta do bilhete endereçado a mim na gaveta rococó do delegado gourmet. Na opinião de Marlon, a morte de Brandãozinho abalara Filadelfo de tal maneira que ele mergulhara numa depressão e voltara a São Paulo em busca de ajuda médica e apoio familiar. Aquilo me soava como a mais esfarrapada das desculpas, mas eu me sentia imobilizado em Goiânia. Teria de procurar por Filadelfo em São Paulo, ou onde ele estivesse, se quisesse resolver aquele caso. Mas me faltavam forças no momento, como se eu convalescesse de uma doença ou tivesse acordado de ressaca. O que não era totalmente falso. "O Fila não responde mais aos meus telefonemas", disse Marlon, verdadeiramente preocupado, e meu desânimo ficou ainda mais profundo e abrangente. E então foi minha vez de narrar, em tom burocrático, meu derradeiro e pouco objetivo relatório sobre o caso. Por fim Marlon combinou que me apanharia às oito horas na recepção do hotel para me levar até o aeroporto e acertar meus honorários. Eu disse que não havia honorários a acertar, já que não conseguira cumprir nenhum dos meus objetivos, mas ele insistira em honrar o compromisso. Melhor assim, pensei. Além dos fantasmas, minha quitinete em São Paulo estaria entulhada de contas atrasadas.

Olhei o relógio: quinze para as sete.

Eu ainda tinha um tempo para caminhar sem destino. Mas sabia que, por mais que andasse, sempre acabaria encontrando o caminho de volta para o Costa's Plaza. Há lugares de que não se pode fugir.

Se não conseguira descobrir o que motivara Montgomery Brandão a simular o próprio sequestro nem explicar o que o levara a fazer tantas e tão volumosas retiradas de dinheiro do banco ou lembrar de onde conhecia Filadelfo Menezes, se é que o conhecia mesmo, pelo menos entendera a fixação de Marianne da Ira, ou Mariana da Costa, pelo césio-137.

Nem tudo estava perdido.

Ou estava?

27.

"Em 1987 eu era um bebê. Tinha quase dois anos, a gracinha da família, caçulinha, única menina de um casal com três filhos já grandes. Pra você ter uma ideia, meu irmão mais velho já tinha vinte quando eu nasci. Eu era a princesa, sabe como é? Meu pai já era um homem bem rico naquela época, dono do Costa's Plaza, de postos de gasolina e de concessionárias de automóveis. E era uma figura poderosa, membro do Rotary Club e do PMDB, cheio de amigos na política e por aí vai. Apesar de viver numa casa grande, com empregadas, cozinheiras, jardineiro e motorista, as portas estavam sempre abertas para conhecidos e os empregados eram tratados como se fizessem parte da família. Bem coisa de interior, né? Fui praticamente criada pela dona Zeide, a faxineira que virou minha babá. Como meus pais e irmãos eram bem mais velhos, ninguém em casa tinha muita paciência com um bebê e eu acabava passando mais tempo com a dona Zeide do que com minha família. Quando nasci ela já era uma mulher de sessenta anos, com filhos crescidos. Era comum me levar para a casa em que vivia com o marido e duas das filhas. Todos me tratavam muito bem por lá. Numa dessas vezes em que fui passar a noite na casa da dona Zeide, rolava uma grande agitação. Eu não lembro, claro, tinha só dois anos de idade, mas com o passar do tempo desenvolvi uma imagem daqueles acontecimentos como se fosse uma lembrança real. A dona Zeide mesmo, antes de morrer, me contou muitas vezes tudo o que aconteceu na casa dela naquele dia. Ou naquela noite, porque já estava escuro. Era começo de noite e a sala estava cheia de parentes excitados com a novidade que um primo tinha trazido da casa de um amigo. O nome do primo era Demerval. Demerval, nome louco do cacete. Esse amigo do primo tinha encontrado uma coisa especial numa máquina que ele tinha desmontado no ferro-velho. Um pó azulado que brilhava no escuro e andava fazendo o maior sucesso na família nos últimos dias. O sucesso era tanto que, a cada noite, o freak do Demerval organizava uma reunião na casa de um parente diferente para mostrar a novidade. As reuniões eram sempre de noite, porque as casas tinham que estar escuras para o Demerval apresentar sua mágica. E foi isso o que aconteceu naquela noite na casa da dona Zeide. O Demerval espalhou um pouco do pó sobre a mesa da sala, depois que ela desligou a televisão e as filhas apagaram as luzes. Cortinas também foram fechadas e panos dobrados foram colocados na soleira das portas, para que a casa ficasse no breu. E então todos foram hipnotizados por aquele pó e contemplaram em silêncio o brilho azulado que emanava dele. Na minha imaginação, comparo aquele momento a uma família pré-histórica dentro de uma caverna vendo o fogo pela primeira vez. Viagem, né? Mas é preciso levar em conta que esse evento foi tão importante para mim quanto sei lá, a descoberta do fogo. Sabe aquela frase do Neil Armstrong? Um pequeno passo para o homem, um grande salto para a humanidade. Esse tipo de coisa. O importante é que aquele foi um momento marcante na minha história pessoal. Marcante é pouco, foi *o* momento. Todo mundo paralisado com o brilho do pó maluco do Demerval e de repente "ús" e "ós" começam a pipocar pela sala. No momento seguinte estavam todos rindo e falando como se tivessem cheirado lança-perfume. Pronto. Foi assim que fui contaminada pelo césio-137 e perdi qualquer capacidade de procriar, já que por efeito da radiação não desenvolvi um aparelho reprodutor e sou desprovida de ovários e útero. Mas não foi só isso. Com o passar do tempo desenvolvi também uma doença autoimune no sangue que, com sorte, não vai me matar antes dos quarenta. Claro, se eu cumprir todas as etapas do tratamento, como tenho feito a vida inteira, com viagens pra São Paulo e Estados Unidos pra tentar adiar o máximo a chegada da morte na forma de uma expansão incontrolável de glóbulos brancos no meu sangue. Dona Zeide, o marido e as duas filhas não tiveram a mesma sorte. Dez anos depois daquele dia já estavam todos mortos por efeito da contaminação. Me dá mais um gole desse conhaque, por favor?"

28.

No saguão do aeroporto de Goiânia despedi-me de Marlon Brandão e de Maiara, sua noiva silenciosa em cuja nuca resplandecia um enigmático cedro-do-líbano.

Eu não me esqueceria daquela tatuagem.

"Mando notícias", eu disse, enquanto trocava um aperto de mão com Marlon. "Vou procurar o Filadelfo. Eu e você ainda vamos entender tudo o que aconteceu", prometi, embora não estivesse tão convicto de que conseguiria cumprir a promessa.

"Caraio!", ele disse. E nesse momento uma rajada de vento balançou os bagaços capilares que ornamentavam seu cocoruto. "Vou tocar minha vida pra frente. Carreira, casamento…" Ele trocou um olhar terno com Maiara. "Mas não vou me considerar um homem realizado enquanto não souber a merda que deu na cabeça do Brandãozinho."

Por um instante achei que a merda talvez tivesse algo a ver com aqueles estranhos cortes de cabelo, mas preferi não comentar nada.

"Mandem um beijo pra dona Sula e pra Riboca", eu disse. "E um abraço pro Leo e pro Lisandro. E não se esqueçam de me enviar o convite do casamento", concluí, certo de que dificilmente retornaria a Goiânia no tempo de vida que me restava.

"Não vou esquecer", disse Maiara.

"Você fala!", afirmei, fingindo surpresa, e todos rimos como se estivéssemos na última cena de uma comédia americana dos anos 1950.

Fui até a sala de embarque e me submeti ao complexo ritual da passagem pelo aparelho de raios X. Naquele momento, ao tomar consciência de que não tinha ainda comprado um celular novo para substituir o que me fora surrupiado, dei-me conta de como os dias passados em Goiânia haviam mexido com minhas estruturas psicológicas. Eu me sentia como se despertasse de uma anestesia. Não é admissível que um detetive se dê ao luxo de trabalhar sem um celular, por mais irritante que seja o aparelho. Eu não estava bem, definitivamente.

Mais tarde, durante o voo, atravessamos uma zona de turbulência (foi assim que os comissários de bordo justificaram o fato de o avião estar balançando mais do que um carrinho de montanha-russa). Os sacolejos da aeronave me despertaram do torpor e Marianne da Ira e Marlon Brandão me voltaram à lembrança. De alguma maneira eu me sentia aliviado por ter deixado os dois e suas tragédias pessoais para trás. Pelo mesmo motivo sentia-me incomodado também, e bastante deprimido.

Nada que não sentisse sempre.

Depois que o avião saiu da zona de turbulência, adormeci e só despertei quando o trem de pouso tocou a pista do aeroporto de Congonhas. Eu não me lembrava de dormir tão profundamente havia muito tempo.

Luar de agosto

1.

"Motoboys existem desde a Idade Média", disse o homem. "Só que com outro nome."

"Que nome?"

"A peste!" E começou a rir como se aquilo tivesse alguma graça.

Ri também, fazer o quê? A hipocrisia é uma ferramenta da civilidade e eu não estava em condições de dispensar trabalho.

"Entendeu a relação?", ele perguntou, talvez motivado pelo meu sorriso amarelo.

"Sim. Você quer dizer que os motoboys são uma espécie de doença social."

"Uma praga, isso sim."

"Você já leu *A peste*, do Camus?", perguntei.

"Li o *Caminho de Kami*, um livro budista. É o mesmo cara?"

"Provavelmente não, mas o que importa isso agora? Fale dos motoboys."

"Antes preciso de mais um café."

"Dois", eu disse, e fiz um sinal para Júnior, o garçom.

O meu com cicuta, por favor.

Estávamos no Luar de Agosto, o bar que permanece milagrosamente intacto há mais de trinta anos na esquina da rua Peixoto Gomide com a alameda Santos, distante um quarteirão do prédio onde vivo. O lugar me serve de escritório quando estou sem ânimo para enfrentar uma hora de trânsito para vencer um percurso de pouco mais de três quilômetros até o edifício Itália, no centro da cidade, onde funciona a mítica Agência Lobo de Detetives, decadente como um monumento abandonado. Se eu fosse a pé, chegaria mais rápido. Desde que Dora Lobo se mudou para Bauru, passei a encarar o escritório como uma espécie de mausoléu da família, aquele lugar aonde só se vai por obrigação. Portanto, sempre que possível, prefiro marcar meus encontros profissionais no Luar de Agosto. O cliente, que se chamava Pedro Melquior, um homem roliço de quarenta e poucos anos de idade, se apresentava como assessor de imprensa de uma famosa joalheria. Ele entrara em contato porque representava um pool de joalheiros, revendedores de relógios e empresas de seguros, e tinha um trabalho a me propor. Ainda ao telefone, antes de marcar o encontro, minha primeira reação foi de espanto. Eu não sabia que joalherias tinham assessores de imprensa. Melquior esclareceu-me, dizendo que hoje em dia até mercearias precisam de assessores de imprensa se não quiserem falir.

Talvez eu também devesse contratar um assessor de imprensa.

Logo que nos sentamos a uma mesa na calçada da alameda Santos e antes que Júnior trouxesse a primeira rodada de café, Melquior começou a falar de motoboys, o que me deixou bastante intrigado. Minhas sinapses mentais definitivamente não estavam mais acompanhando a dinâmica do mundo moderno: por que razão um assessor de imprensa que representava um pool de joalheiros e relojoeiros não parava de falar de motoboys?

Júnior chegou com a nova rodada de café.

"Você deve estar pensando por que cargas-d'água estou dissertando sobre motoboys", disse Melquior antes de sorver seu segundo expresso num gole só.

"Não sabia que meus questionamentos interiores eram tão perceptíveis."

"Na minha profissão é preciso adivinhar o pensamento das pessoas."

"Na minha também", eu disse. "Mas nada na sua figura explica esse fascínio por motoboys."

"Obsessão. E ódio também."

"Eles não são assim tão repulsivos. São apenas mais um produto periférico do grande apocalipse urbano que nos assola", filosofei.

"Você nunca teve um espelho retrovisor arrebentado por um desses vândalos?", perguntou Melquior, como se sua simpatia tivesse secado de repente. "Nunca foi xingado por um desses... desses cavaleiros do apocalipse, como você diz?"

"Já fui xingado por muita gente", eu disse. "Às vezes me sinto como um juiz de futebol."

Melquior continuou me olhando sem dizer nada. Um cataclismo parecia estar tomando forma em algum lugar dentro dele.

"Pensei que você estava falando de motoboys apenas como um preâmbulo ao assunto que o trouxe até aqui", eu disse. "Mas percebo agora que os motoboys *são* o assunto."

Pedro Melquior abriu uma pasta largada numa cadeira vazia ao seu lado e tirou dali um iPad. "Olha isso", disse, enquanto me passava o aparelho, que estampava uma fotografia. A imagem mostrava uma mulher de mais ou menos trinta e oito anos, deitada no que parecia ser um leito de hospital. Apesar de vestida com uma camisola hospitalar e de ter o cabelo escorrido e o rosto sem nenhuma maquiagem – o que evidenciava duas enormes olheiras –, notava-se que era bastante atraente. Sua expressão era séria e um pouco indignada. Pelas suturas e curativos na extremidade do antebraço percebi que sua mão esquerda fora decepada ou amputada.

2.

Melquior já tinha ido embora quando Júnior chegou com o chope e o sanduíche de salame com provolone, *sem* maionese.

"Senta aí", eu disse.

"Não posso. Estou trabalhando."

"Não tem mais ninguém a essa hora. O pessoal do almoço já voltou para o escritório. Senta aí."

"O patrão não permite garçom na mesa com cliente."

"E desde quando eu sou *cliente*? Frequento isso aqui desde os tempos do antigo dono, você ainda usava fraldas. Sou quase um sócio fundador. E teu pai sentava. Nunca me deixou tomar o café da manhã sozinho."

"Coisa feia você denegrir a imagem do meu pai, Bellini. Se eu souber que seu Antônio *sentava*, com que cara vou encarar minha mãe no almoço de domingo?"

"O Antônio era meio veado, mesmo", eu disse. "Mas era uma coisa platônica. Nunca chegou a *sentar* pra valer, pode ficar tranquilo. E como vai a Marília?"

"Levando. Sem meu pai, nunca mais foi a mesma coisa."

"O veado faz falta."

Júnior sorriu. "Vou tirar o avental e pegar um chope. Vamos fazer um brinde à memória do meu pai."

Júnior era o filho único do Antônio, o garçom que me atendeu por mais de vinte anos no Luar de Agosto e se tornou para mim a coisa mais próxima de um amigo. Júnior herdara do pai a simpatia, a generosidade e a tendência a engordar. Antônio e eu costumávamos passar horas conversando naquela mesma mesa, e cheguei a frequentar sua casa em algumas ocasiões em que ficar sozinho teria sido insuportavelmente deprimente, como alguns domingos ensolarados de Páscoa e vésperas de Natal específicos, o que provavelmente me salvou de um ou dois eventuais suicídios. Havia três anos, numa noite em que voltava para casa depois de um dia de trabalho, Antônio sofreu um enfarte e morreu ainda dentro do ônibus que o conduzia até Itaquera.

Depois que fizemos um brinde à memória de seu pai e eu já me aventurava pelo segundo chope, Júnior, que mal tocara em seu copo, perguntou: "E o gordinho almofadinha? Qual era a dele?".

"Uma história estranha", eu disse. "O sujeito diz que é assessor de imprensa e representa um pool de joalherias e empresas de seguros."

"Assalto?"

"Assaltos. Muito violentos."

"Desses que a polícia não consegue resolver?"

"Por aí. Assaltos estranhos."

"Assaltos à mão armada?"

"De certa forma."

"Armas não convencionais?"

"Com certeza."

"Metralhadoras?"

"Serras."

Júnior ficou me olhando sem dizer nada, como se digerisse a informação. Depois deu um gole que quase deu cabo do chope.

"Como assim? Pra serrar vitrines?"

"Não exatamente."

"Cofres?"

"Nada tão sofisticado. Ossos."

"Ossos de quem?"

"O grupo age no varejo, trabalha na rua. Os caras se passam por motoboys, misturados aos milhares que abarrotam as ruas da cidade. Em geral agem em duplas. Perseguem vítimas previamente escolhidas. Gente que anda de carro usando joias e relógios caros. Em vez de assaltos tradicionais, em que bandidos apontam armas para a vítima exigindo as joias, nossos motoboys optam por serrar o pulso da vítima, levando com eles, além de joias e relógios, a mão inteira do assaltado. Mas há casos em que levam também a orelha da vítima, para roubar brincos, e houve uma mulher que teve a cabeça decepada para que pudessem levar o colar de brilhantes também."

"Não ouvi falar desses assaltos."

"Quase ninguém ouviu. Há uma pressão das joalherias para abafar essas notícias. O cara, Pedro Melquior, é assessor de imprensa e está conseguindo administrar a coisa até aqui. Você compraria um anel de diamante para sua namorada depois de saber que alguém teve a mão decepada por usar o mesmo anel?"

"Eu não compraria porque não tenho bala pra comprar anel de diamante." Esses caras só assaltam mulheres?"

"São elas que ostentam as joias, não? Mas há um ou dois rapazes que perderam a mão por conta de Bulgaris e Patek Philippes."

"Outro dia peguei um táxi e o motorista não tinha quatro dedos da mão direita. Ele dirigia o táxi só com o polegar."

"Se estava dirigindo um táxi, não deve ser uma vítima dos motoboys. Esses caras só assaltam gente rica. Você denunciou o taxista? Deve ser proibido dirigir sem os dedos."

"Se eu fizesse isso, talvez fosse acusado de preconceito. De qualquer forma, eu nunca o denunciaria. Não sou dedo-duro."

"É fácil dizer isso quando se tem todos os dedos."

"Às vezes sua ironia é meio difícil de assimilar."

"Mulheres costumam me dizer a mesma coisa. O que talvez explique o fato de eu viver sozinho. Você não ficou com medo de andar num carro dirigido por um motorista sem dedos?"

"Ele tinha a manha. E uma coisa ser proibida, ou perigosa, não impede que seja praticada à vontade no Brasil. Fale mais sobre as vítimas dos motoboys."

"A mulher que perdeu as orelhas nem deu queixa na polícia, preferindo se encaminhar direto para o cirurgião plástico, que logo lhe providenciou duas orelhas mais tenras e aerodinâmicas. Orelhas em que ela, claro, agora se recusa a colocar qualquer adorno."

"E a mulher degolada?"

"A morte foi anunciada como consequência de um ataque de ladrões selvagens que trucidaram seu corpo, o que não deixa de ser verdade. Mas a imprensa ainda não ligou os crimes. Nem a polícia."

"E as testemunhas?"

"Os ladrões são espertos. Optam por atacar as vítimas em ruas desertas ou vias expressas sem calçadas, evitando testemunhas. Ao mesmo tempo, há aspectos estranhos nesses crimes. A polícia está com dificuldades para encontrar pistas dos bandidos. Como se não fossem do ramo, mas paradoxalmente agissem com bastante método. As joias roubadas não foram oferecidas aos receptadores de praxe. As companhias de seguros também estão intrigadas. É um caso diferente."

"Estou chocado. Cortar partes do corpo da vítima. Por que os assaltantes decidiram agir assim?"

"É também pra responder essa pergunta que o Melquior me contratou. Não é a maneira mais prática de roubar relógios, concordo, mas é eficiente. Se o ladrão não se atrapalhar com sangue esguichando pra todo lado, evidentemente."

"Eficiente?"

"Talvez esses assaltantes estejam em busca de emoções mais fortes, Júnior. Há que se encontrar um sentido para seguir vivendo. Açougueiros entediados, quem sabe?"

Júnior ficou me olhando em silêncio por alguns segundos.

"Vai buscar mais dois chopes", eu disse.

3.

Encontrar a Gorda nunca foi tarefa fácil. Não para alguém que não esteja no ramo de receptação de objetos roubados. As informações conduziam para um porão no Bom Retiro, no subsolo de uma lavanderia administrada por uma família chinesa. Contornei o Jardim da Luz, entrei na Ribeiro de Lima e caminhei até a rua Aimorés. Uma estranha sensação de que estava sendo seguido me fez olhar para trás uma ou duas vezes, mas não percebi nada de anormal, além dos pedestres de praxe. Reputei a paranoia a uma sequela dos anos de abuso de cocaína. Lembrar do pó faz todo o sentido quando se está no encalço da Gorda. No número 127, contemplei por alguns instantes as portas de vidro da Lavanderia Formosa, que estampavam o nome do estabelecimento em letras vermelhas. Sob as letras, velhas conhecidas do alfabeto romano, desenhavam-se em amarelo os caracteres chineses correspondentes. Conseguir aquele endereço me custara algum tempo de trabalho. Logo depois do desjejum no Luar de Agosto (embora o relógio recomendasse um almoço, afinal já passava de duas da tarde), permaneci algum tempo na mesa, consumindo a conta-gotas o terceiro ou quarto chope remanescente da refeição enquanto fazia alguns telefonemas. De trombadinhas regenerados a investigadores corruptos, a informação era unânime: a Gorda estava operando no Bom Retiro.

Entrei na Lavanderia e me dirigi a uma velha senhora chinesa que passava roupa no balcão.

"A Gorda, por favor."

Ela ficou me olhando como se eu tivesse desembarcado de uma nave espacial.

"Gorda", repeti, pronunciando as sílabas como um professor paciente.

"Golda?"

Um rapaz chinês vestido de rapper surgiu de atrás de uma pilha de roupas dobradas e resolveu os problemas de comunicação entre mim e a chinesa: "Polícia?".

"Não me ofenda", respondi.

"Desce aquela escada ali." Ele apontou uma espécie de alçapão no assoalho do outro lado do balcão, na frente de algumas máquinas de lavar roupa. "Pode ir." Levantou uma dobradiça no balcão para que eu passasse. Enquanto eu me enfiava no buraco do chão, descendo a escada, ouvi o rapper dizer alguma coisa em mandarim à senhora que passava roupa. Antes de chegar ao subsolo, ouvi que a velha ria do que dissera o rapaz. Seria eu a razão de tanta alegria?

"Bellini?", perguntou a Gorda, sentada atrás de uma escrivaninha afundada entre prateleiras lotadas de artigos roubados. Ela manuseava o que parecia ser uma anacrônica máquina de calcular e continuava gorda e jovial, apesar dos sinais da idade. Notei que agora usava um surpreendente e bem aparado cavanhaque grisalho.

"Quem é vivo sempre aparece", eu disse.

"Você continua cínico", ela observou, deixando a calculadora de lado. "E gato, apesar de meio passadão."

"E você continua gorda", retribuí. "Calculando o lucro?" Apontei a máquina de calcular.

"Não. Só vendo se funciona. Detesto revender coisa estragada. Tenho um nome a zelar."

"O cavanhaque ficou uma graça."

"E não? Virei bofe depois de velha. Pode? A que devo a visita?"

A Gorda é uma lenda entre marginais e policiais paulistanos. Um homossexual rotundo já passado dos sessenta anos de idade, pesando algo em torno de cento e trinta quilos, que desde os anos 1980 atua como receptadora de objetos furtados. Um verdadeiro camaleão, ou camaleoa, a Gorda sempre comercializou esses produtos e já usou todo tipo de estabelecimento imaginável como fachada para seus negócios. Nos loucos anos 1980, quando era uma notória drag queen consumidora de cocaína, comandava seu comércio de uma casa gay na rua Rui Barbosa, no Bixiga: a Central Station. Depois, mudou-se para outra rua no mesmo bairro, a rua dos Ingleses, e abriu ali a No Future, uma casa de punk rock para despistar a polícia e acomodar confortavelmente seus clientes e os batalhões de fornecedores de pó que o vício exigia. Como consequência, passou metade dos anos 1990 no Carandiru cumprindo pena por receptação de objetos roubados e tráfico de drogas, onde fez escola, mantendo de dentro do presídio, na sua própria cela, um dos mais disputados centros de receptação e comércio de material roubado de toda a América Latina. O século XXI encontrou a Gorda mais acomodada, livre das drogas – dizem que muito bem casada com um ex-carcereiro –, operando seus negócios de uma clínica de reabilitação para dependentes químicos em Atibaia. Nos últimos anos perdi contato com a figura, mas soube que depois da morte do marido (o ex-carcereiro se envolveu com uma máfia de transplante de órgãos) atravessou uma fase difícil, passou dois anos em retiro espiritual num mosteiro budista em Brasília, e agora retornava ao trabalho operando em uma lavanderia chinesa no Bom Retiro. Meu interesse na Gorda, fique bem claro, não tinha relação direta com os produtos que comercializava, mas com o fato de ser uma excelente informante. Ela odiava a polícia como poucos e adorava me passar informação privilegiada, contanto que não a transmitisse para os tiras, o que nunca fiz em muitos anos de colaboração. O que fazia da Gorda uma informante diferenciada é que era inteligente e muito observadora. E gorda. Informantes quase sempre são magros.

4.

"Estou atrás de informação, Gorducha."

"Pensei que estava atrás da minha rabeta", ela disse, fazendo uma carinha de menina decepcionada. "Senta aí."

Sentei numa cadeira em frente à sua escrivaninha. Olhei as estantes cheias de objetos roubados: relógios, celulares, armas, aparelhos de TV, peças de motor, ventiladores, caixas de música, leques orientais e até bonecas de pano. Senti-me numa loja de presentes.

"Onde dói? Fala pra tia."

"O caso dos motoboys."

"Os estripadores?"

"Isso."

"Vamos por partes", ela disse, rindo.

Ri também. Eu me identificava com o cinismo da Gorda.

"Não tenho contato com eles, ninguém estranho me procurou pra revender joias e relógios, não sei quem são", ela prosseguiu. "Mas sei que as joias roubadas ainda não estão circulando."

"Não estão tentando passá-las pra frente?"

"Até agora não. Talvez estejam dando um tempo até a coisa esfriar. De qualquer jeito, não é o procedimento-padrão. Em geral neguinho quer se livrar logo do flagrante."

"Não é muita coisa."

"Não, mas é o que eu tenho. Se aparecer alguma novidade te aviso."

"Qual é, Gorda?"

"Não sei de nada, neném. Você só não perdeu seu tempo porque é sempre um prazer me ver."

"Mas você sabe da existência deles."

"Dos motoboys? Não se fala em outra coisa no submundo." Ela emendou, cínica: "Adoro *submundo*, acho chique fazer parte de uma coisa subterrânea".

"Desembucha, Gorda. Ficou tímida depois de velha? Para de me enrolar."

"Você sempre me provocando com esse seu charme de playboy deprimido, meio Joy Division. Lembra o Joy Division?"

"Não é do meu tempo. Meu gosto musical vai até 1970, ano da morte de Jimi Hendrix."

"Se você me enrabar agora, conto tudo."

Fiquei sem ação por alguns segundos.

"Bobinho, tô brincando", ela disse. "Estou seriamente apaixonada pelo Jinjin."

"Jinjin?"

"O chinesinho ali em cima, meu pequinês de guarda. O que te deixou entrar."

"Senti um clima no ar."

"Tipo namorando firme. Já viu chinês de pau grande?"

"Normalmente não tenho minha atenção voltada pra esse tipo de coisa."

"O Jinjin é um jegue. Fenômeno! Você sabe que pra me comer o sujeito tem que ter envergadura, né? Pra abrir caminho por essa gordura toda é preciso uma broca", ela disse, e riu. "O apelido da tora do Jinjin é Guangdong, o lugar onde os avós dele moravam lá na China."

"Tocante", eu disse. "E aí, o que mais você sabe sobre os motoboys estripadores?"

"Sabe Hamlet?", ela perguntou, enigmática.

"Ser ou não ser, eis a questão. Virou intelectual agora?"

"Virei velha, amorzinho. Estou com medo de me envolver. Encaretei. Até cavanhaque estou usando. Assentei, meu amor."

"Não vou te expor, Gorda. Nunca te expus, sentada ou assentada. E o cavanhaque te caiu muito bem."

Ela olhou para os lados, séria. Depois me encarou: "Não sei muita coisa sobre esse caso, juro por Deus. Mas desconfio de alguém. Desconfio muito".

"Quem?"

"É uma intuição", ela disse.

"Confio na tua intuição."

"Faz bem. Às vezes confundo minha intuição com mediunidade."

Ela fez sinal para que eu me aproximasse e sussurrou algumas palavras no meu ouvido, como se temesse que alguém além de mim pudesse ouvi-las.

5.

"Professor Aqueu", disse Raimundinho. "Lembro muito bem. Aqueu de Albuquerque Pizzato. Esse pilantra conquistou o benefício do semiaberto por bom comportamento. No primeiro dia que saiu para trabalhar, desapareceu. Isso faz muitos anos. Safado."

Raimundinho me fitava por trás de lentes grossas que aumentavam o tamanho de seus olhos e conferiam um aspecto caricatural ao seu rosto. A expressão era séria e impaciente, como se ele tivesse perdido a capacidade de sorrir com o passar dos anos. Ou como se seu intestino estivesse seriamente sobrecarregado. Todo mundo parecia ter envelhecido muito. Por onde andei esse tempo todo que não vi o Raimundinho se transformar de um jovem sorridente num coroa míope, calvo e mal-humorado? Nem percebi a Gorda passar de uma drag destemida e doidona a uma tia cautelosa de cavanhaque. E eu? Em que me transformara?

"Um escroto da pior espécie", prosseguiu Raimundinho, como se lesse meus pensamentos. "Manipulador, cínico e calculista."

Mas ele se referia ao professor Aqueu, ainda bem.

"Um monstro", concluiu. "Vou ver se encontro alguma coisa pra você no arquivo."

"Você ainda pratica aikidô?", perguntei.

"Não tenho tempo nem pra cagar", disse, com sutileza e refinamento dignos de um lorde dinamarquês. "O casamento, sabe como é? Filhos, sogra, o pacote inteiro. E a Dora, ainda pratica?"

"Ela mal consegue respirar", eu disse. "Enfisema."

"Foda. Cada um com a sua cruz."

Raimundinho trabalhava na Secretaria de Estado da Administração Penitenciária e Justiça de São Paulo. Nós nos conhecíamos havia muito tempo. Raimundinho e Dora Lobo frequentaram por anos a mesma academia de aikidô, no bairro da Liberdade. Desde então ele se tornara uma espécie de colaborador eventual. Estávamos agora num canto de uma sala da Secretaria, onde Raimundinho ocupava uma mesa com computador. Enquanto digitava o maltratado aparelho em busca de mais informações sobre o tal professor Aqueu, lembrei-me das palavras da Gorda algumas horas antes, em seu bunker no Bom Retiro. Segundo ela, logo que soube das notícias sobre os motoboys estripadores, lembrou-se de um antigo companheiro de cárcere, dos tempos em que puxara ferro no Carandiru. Quando a Gorda chegou ao presídio nos anos 1990, professor Aqueu, como era conhecido no Carandiru, já cumpria pena havia alguns anos por homicídio. Sobre sua história dizia-se na prisão que o professor Pizzato, um jovem e brilhante professor de ciências sociais do Mackenzie, um belo dia matou a machadadas, sem motivo aparente, um chefe de departamento, um professor mais velho tido como arrogante e esnobe, de família quatrocentona. Causou espanto a forma violenta como Pizzato assassinou o colega, tirando o machado de dentro de um sobretudo numa tarde fria de junho e desmembrando o chefe de departamento na sala de professores, enquanto colegas assustados gritavam, desmaiavam ou simplesmente saíam correndo. Nunca se soube exatamente os motivos que levaram Pizzato a matar o chefe de departamento. Especulou-se sobre um possível caso amoroso entre os dois, mas na prisão o professor Pizzato, atrás das grades conhecido apenas como professor Aqueu, nunca demonstrou tendências homossexuais ou qualquer apetite sexual digno de nota. Mas era bastante obcecado por política, e sempre expressou um desprezo atroz e quase patológico pela burguesia e pela classe dominante, o que se explica, talvez, por sua origem humilde, vindo de uma zona periférica de Taboão da Serra. Antes de ser condenado, o professor passou algum tempo num manicômio judiciário, pois havia dúvidas sobre sua sanidade mental. No fim das contas concluiu-se que o réu não era louco, só um homem terrivelmente revoltado e assustadoramente frio. Na prisão, chamava a atenção pela inteligência e pela erudição, e assim acabou conquistando a confiança dos presos. Acabou se tornando uma espécie de líder entre os presidiários, a quem gostava de dar aulas de política e filosofia. E por que a Gorda desconfiou que o professor pudesse estar por trás dos crimes dos motoboys? Porque na prisão ele sempre dizia para ela que "a burguesada só vai aprender a lição quando começarem a arrancar os braços das madames pra roubar as pulseiras e os anéis de brilhantes".

O que a impressionava, mais do que as palavras de Aqueu, era a maneira como ele as proferia, como se estivesse possuído por um demônio.

6.

"Não tem muita coisa aqui", disse Raimundinho, os olhos fixos na tela do computador. "O professor Aqueu sumiu mesmo. Se aparecer, pegamos ele pra cumprir em Cannes o resto da pena. Semiaberto, nunca mais. Existem alguns textos anarquistas que circulam pela internet assinados por ele."

"Como assim?", perguntei.

"Não sei direito. Só temos algumas indicações aqui. Textos políticos assinados pelo professor Aqueu. Textos que fazem apologia ao crime e à desobediência civil. Você sabe, na cadeia o Pizzato era uma espécie de Hannibal Lecter."

"O Aqueu também era canibal?"

"Não sei. Os arquivos não fornecem as preferências gastronômicas dos condenados. Mas acho que seria difícil comer carne humana no Carandiru. Isso só acontece em filme americano", observou Raimundinho.

"Concordo. No Carandiru aconteciam coisas bem piores. Textos anarquistas?"

"É o que diz aqui. Não dá pra saber se foram mesmo escritos por ele."

"Que textos são esses?"

"Você vai ter que procurar."

"Claro. Mas você tem algum desses textos aí?"

"Eu tenho um dossiê, mas não posso liberar pra você."

"O que é isso, Raimundinho? Ninguém vai ficar sabendo."

"Os tempos mudaram, Bellini. Hoje em dia está tudo mais difícil. A Corregedoria fica em cima. Não dá pra quebrar o teu galho desta vez. A ética entrou em campo."

"Entendo", eu disse, embora não me sentisse muito confortável tomando lição de moral de um frangote precocemente envelhecido como o Raimundinho.

"O professor publica textos que pregam uma revolução anarquista", ele prosseguiu, ajeitando os óculos. "Transgressão de costumes, aborto livre, não religião, pedofilia, destruição de patrimônio público, insubordinação civil..."

"Um visionário."

"Eu disse que o cara era um monstro. Por que você está atrás desse idiota?"

"Parentes. Devem estar atrás dele por conta de algum inventário."

"Sei. Espero ter ajudado. Agora tenho de ir."

"Me ajudou bastante. Também tenho de ir."

"Pra onde?", perguntou Raimundinho, enquanto desligava o computador e cogitava me pedir uma carona para algum lugar.

"Não sei", eu disse, e era verdade.

7.

De todas as coisas que eu não poderia ser na vida, hacker seria a primeira. Fui até o escritório depois de sair da Secretaria e tentei rastrear o professor Aqueu pela internet. Como não disponho de um computador em casa, quando preciso consultar a rede costumo ir até a Agência Lobo de Detetives. Embora não tenha conseguido encontrar nenhum texto anarquista do professor Aqueu, o passeio virtual acabou sendo positivo, pois consegui acessar minha caixa de e-mails depois de algumas semanas (ou meses?) longe dela. A maioria das mensagens não me dizia nada, mas havia um e-mail enviado por Marianne da Ira avisando que chegaria por aqueles dias para um tratamento no Hospital Sírio-Libanês, em São Paulo, e gostaria de me encontrar. Não sei como *Mériêine* tinha conseguido meu e-mail, se nem mesmo eu o sabia de cor. Não teria sido mais fácil conseguir o número do meu telefone e me ligar? Talvez ela pensasse que eu ainda estava sem o celular, ou que tivesse trocado de número depois dos eventos de Goiânia. Bem, eu já tivera provas suficientes de que fazer as coisas da maneira tradicional não era a especialidade de Mariana da Costa, Marianne da Ira para os íntimos da cena punk goianiense. Fiquei um tempo sentado, olhando para a paisagem além da janela, lembrando os acontecimentos de Goiânia. Alguns meses haviam se passado desde que eu voltara, mas a sensação que eu tinha era de que anos me separavam daquilo. E as lembranças, quando me acometiam a memória, pareciam vir sempre embaladas numa capa de irrealidade, como se tudo o que acontecera em Goiânia naquela semana não passasse de um sonho ruim apagado pelo alívio do despertar. No entanto, infelizmente aquilo tudo não tinha sido um sonho ruim. Um pesadelo aterrador, na melhor das hipóteses. Eu realmente estive muito próximo de um esgotamento nervoso em Goiânia. Apesar disso, logo que retornei a São Paulo continuei investigando o caso. Dediquei algumas semanas a tentar localizar Filadelfo Menezes, mas as informações eram desencontradas. Chequei algumas fichas em seu nome nos arquivos da polícia e descobri que, antes de se tornar delegado, Filadelfo Mendes Menezes fizera parte dos quadros da Polícia Civil como investigador. Durante os anos de trabalho na polícia, cursou uma dessas faculdades de direito por correspondência em São Bernardo e logo que se formou prestou concurso para delegado. Não chegou a exercer a função em São Paulo, sendo lotado em Goiânia. Quando Brandãozinho morreu, Filadelfo requereu licença médica, alegando uma depressão e a necessidade urgente de cuidados médicos, e veio para São Paulo. Ao chegar aqui, requisitou um afastamento mais extenso e desde então desapareceu. Minhas pesquisas na Adepol, a Associação dos Delegados de Polícia do Brasil, não ajudaram muito. Descobri que Filadelfo continuava dentro do prazo requisitado no pedido de afastamento e que não precisaria dar satisfações de seu paradeiro até o fim do período estipulado, o que ocorreria em mais um ou dois meses. Seu salário continuava sendo depositado regularmente em sua conta numa agência bancária em Goiânia, o que fazia crer que, se ele estava louco, não era a ponto de tentar viver sem dinheiro. Ainda assim não me dei por satisfeito. Informado de que Filadelfo não tinha um domicílio em São Paulo, tentei localizar parentes e cheguei a contatar um de seus irmãos, Flórido Mendes Menezes, um contador de Diadema que confirmou que o irmão passara algum tempo em sua casa, mas que depois viajara "a descanso" para um lugar ignorado. Das poucas fotos de Filadelfo que encontrei em documentos, nenhuma me fez lembrar dele, ou comprovou que eu realmente o conhecia de algum lugar. Encontrei-me uma vez com Eliane Bomfim, a empresária de Marlon, e, apesar de termos bebido muita cerveja, não descobri nada que já não soubesse: Brandãozinho era o maior comedor de putas da história da música brasileira e ponto. Depois da terceira ou quarta "breja" – como ela chamava as garrafas de cerveja que não paravam de brotar em nossa mesa –, desviamos o assunto para mulheres, quesito que ela dominava de forma surpreendente. Eliane me deu dicas preciosas de como me aventurar pela anatomia feminina. A aula incluiu desenhos em guardanapos de papel, que guardo a sete chaves, e que se transformaram em mapas precisos de como atingir o mítico ponto G. Graças às informações dela, conversei também com vários músicos da banda de Marlon e Brandão, que não revelaram nada de surpreendente, a não ser que um guitarrista, o Vanderley, era fã de blues, e me deu uma cópia de um disco raro de B. B. King gravado numa prisão, *B.B. King Live in Cook County Jail*. Fora isso, mantive por esse tempo contato esporádico com Marlon Brandão, que agora começava uma concorrida carreira solo, percorrendo o país com um show em tributo ao irmão, cujo ápice era um duo dos irmãos canavieiros em que Brandãozinho surgia milagrosamente no palco, graças a uma imagem holográfica, e arrancava lágrimas extasiadas da plateia ao som de um hit meloso: *teu sorriso não vai se apagar, na lembrança de quem só fez te amar...*

Quando o show passou por São Paulo fui convidado por Marlon, mas declinei alegando trabalho, embora na época, por efeito dos acontecimentos ainda recentes de Goiânia, eu não estivesse conseguindo nada. Marlon já havia marcado o casamento com Maiara para algum dia nos próximos meses, não sei exatamente quando. Apesar de me garantir que eu seria o primeiro a receber o convite para a concorrida cerimônia a ser ministrada pelo indefectível padre Pedro e de insistir que não aceitaria uma negativa pela segunda vez, eu duvidava que os noivos pudessem contar com meu punhado de arroz em sua festa de núpcias. Independentemente de minha indisposição de voltar a Goiânia, minha presença poderia dar azar numa cerimônia de casamento, já que minhas investidas pessoais pela instituição só resultaram em melancolia e frustração. Dona Sula, Riboquinha e os gêmeos Leo e Lisandro continuavam tocando a vida, e sempre que eu falava com Marlon ele me transmitia as sinceras lembranças da família Souza Brandão. Todas as dúvidas e questões levantadas pelo sequestro simulado e a morte abrupta de Brandãozinho continuavam sem resposta, engordando os arquivos de crimes não esclarecidos da polícia de Goiânia. O passar do tempo reforçava a impressão de que tudo se encaminhava para o esquecimento e a aceitação de que as coisas simplesmente acontecem, sem que consigamos explicar por quê. Naquele momento, sentado na poltrona de Dora Lobo no escritório e contemplando o fim de tarde pela janela, com uma luz vermelha piscando de forma intermitente no alto de uma torre no pico do Jaraguá, um sentimento de culpa tomou conta de mim. E isso não tinha nada a ver com a luzinha piscando, a poluição e o som incessante de motores e buzinas que emanava das ruas. Ainda havia um caso a ser resolvido, e eu o abandonara. A morte de Brandãozinho, o bilhete de Filadelfo, tudo fora varrido para baixo do tapete. Chequei os e-mails restantes, para tentar me distrair. Uma mensagem de Dulce Lobo mostrava fotos de Dora em Bauru, sentada sob um caramanchão que a protegia do sol ardente no quintal da casa da irmã, fazendo palavras cruzadas. As informações eram de que ela estava melhorando, o que eu achei difícil de acreditar olhando as fotografias. Minha chefe estava abatida e terrivelmente deprimida, eu podia dizer só de observar sua expressão nas imagens. Continuávamos nos falando bastante, mas decidi esperar um pouco antes de relatar-

-lhe "nosso" mais recente caso, o dos motoboys estripadores. Achei que a notícia poderia ser muito forte para um coração desgastado e dois pulmões a caminho da falência. No pico do Jaraguá, a luz vermelha continuava piscando. Levantei-me e fechei a janela.

8.

Pode-se até admitir que os pobres tenham virtudes, mas elas devem ser lamentadas. Muitas vezes ouvimos que os pobres são gratos à caridade. Alguns o são, sem dúvida, mas os melhores entre eles jamais o serão. São ingratos, descontentes, desobedientes e rebeldes – e têm razão.

Se esse era um texto anarquista, devo dizer que talvez eu fosse um anarquista e não soubesse. Porém, apesar de o texto servir como epígrafe a um "manifesto" do professor Aqueu, era de autoria de ninguém menos que Oscar Wilde, o venerável escritor irlandês, que o redigira em 1891.

O que vou dizer-lhes não é uma defesa. Não estou tentando escapar do castigo imposto pela sociedade que ataquei. Além do mais, só reconheço um tribunal capaz de julgar-me – eu próprio –, e o veredito de qualquer outro não tem nenhuma importância para mim. Desejo apenas dar-lhes uma explicação sobre meus atos e dizer-lhes como fui levado a praticá-los.

O suspense continuava. Este também não era ainda o texto do estranho Aqueu, o brilhante professor que matara a machadadas um colega esnobe na sala dos professores, mas uma segunda epígrafe, creditada a certo Emile Henry, que escrevera o texto em 1894. Embora as palavras de Henry se assemelhassem mais à ideia que eu fazia de um texto anarquista, cada vez entendia menos o que tudo aquilo poderia ter a ver com os assaltantes que serravam orelhas, pulsos e pescoços das vítimas para lhes roubar joias e relógios. Por que eu dava tanto crédito às palavras de uma informante esquisita como a Gorda? Torci para que ela fosse mesmo uma espécie de médium com bons contatos no mundo espiritual, e não apenas uma vigarista inventiva.

"Emile Henry?", eu disse em voz alta, embora fosse só mais uma dúvida interior, que eu não esperava ver esclarecida naquele quarto.

"Um terrorista espanhol do século XIX", esclareceu Gisele.

"Como você sabe disso?"

"Eu vivo na internet, Bellini. Você pode achar que eu vivo neste quarto, ou nesta cadeira, mas é uma ilusão. Eu vivo na internet. Sei de tudo."

"Um bom conhecimento tecnológico pode valer tanto quanto bons contatos no mundo espiritual", eu disse.

"Que papo é esse, Bellini? Nunca te vi falar de mundo espiritual."

Gisele, a moça bonita e melancólica de quem eu ouvia aquelas palavras, era a filha única de pais ricos que havia perdido os movimentos das pernas depois de sofrer um acidente de carro alguns anos antes, quando descia a Piaçaguera em direção ao Guarujá em companhia do namorado numa noite de neblina. Ele morreu no acidente, e Gisele sobreviveu paralítica. Aluna brilhante da faculdade de direito da Universidade de São Paulo, mas presa a uma cadeira de rodas, Gisele se tornou também uma grande navegadora cibernética e especialista em computadores, além de uma refinada hacker. Dora a descobrira por intermédio de uma amiga, companheira de baralho, que era tia de Gisele e vivia preocupada em arranjar uma ocupação extra para a sobrinha desafortunada. Desde então, sempre que eu precisava de pesquisas mais específicas e trabalhosas na rede, apelava para Gisele. Ela morava com os pais numa cobertura na alameda Lorena, nos Jardins, e da janela de seu quarto se descortinava uma deslumbrante visão de toda a região até o Parque do Ibirapuera.

"A idade faz a gente falar coisas estranhas. Emile Henry me parece um nome francês."

"E é. Esse terrorista nasceu na Espanha, mas era de família francesa, um homem culto. Já esse seu professor Aqueu..."

O manifesto do professor Aqueu não era digno das epígrafes que o precediam. Tampouco justificavam sua definição como um professor "brilhante". Havia muita bobagem sectária ali, frases odiosas endereçadas a burgueses, tudo muito previsível e entediante.

"Enquanto você lê essa bobajada", disse Gisele, acionando o mecanismo elétrico de sua cadeira de rodas, "vou até a cozinha pegar uma cerveja."

"Eu te ajudo", disse. "Estou achando esse texto uma merda."

"Fica aí", ela insistiu, já saindo do quarto. Gisele não gostava que as pessoas se compadecessem de sua condição.

Li até o fim as exortações anarquistas do professor, que caberiam melhor numa redação de um adolescente revoltado, com pérolas como: *Só a destruição do patrimônio público, assim como o abandono definitivo dos conceitos moralistas de religião, ordem e decência burguesas, fará surgir um novo homem, livre e autossuficiente!*

A melhor coisa do manifesto eram as palavras finais, reproduzidas mais uma vez de declarações de Emile Henry: *Camaradas, coragem! Longa vida e anarquia!*

"Longa vida é ótimo", disse Gisele, que me oferecia uma garrafa long neck de cerveja e lia por trás de mim as bazófias anarquistas do professor Aqueu. "O Emile Henry foi executado quando tinha vinte e dois anos!"

"Fuzilado?"

"Guilhotinado em Paris. No julgamento, quando um juiz

perguntou como se sentia por ter ferido tantos inocentes num atentado, Henry respondeu: 'Não havia nenhum inocente lá. Não existe burguesia inocente'."

"Um brinde aos inocentes", eu disse, deixando o computador de lado.

"Um brinde aos que sobreviveram", ela completou, fazendo sua garrafa tocar a minha. Bebemos um pouco de nossa cerveja em silêncio. Depois Gisele moveu sua cadeira até a janela e ficou olhando as luzes da cidade. Eu conhecia aquela situação. Era como um ritual que gostávamos de cumprir passo a passo, sem pressa.

"Seus pais saíram?"

"Ãrrã", ela disse, sem tirar os olhos da noite iluminada. "Foram ao teatro."

Aquela frase era a senha para que eu desligasse o computador, levantasse e trancasse a porta do quarto. Em seguida caminhei até a janela, onde estava Gisele, ajoelhei-me e a beijei. Apesar de ter perdido a sensibilidade na parte inferior do corpo, Gisele gostava de fazer sexo, mesmo que de formas inusitadas e pouco convencionais. Ela sabia que podia contar comigo, porque não era por compadecimento nem por compaixão que meu pau ficava duro quando, depois de nos beijarmos, ela tirava a blusa e pedia que eu chupasse seus peitos, dois irresistíveis enigmas.

9.

"Aqueu de Albuquerque Pizzato", eu disse. "Professor de ciências sociais condenado pelo homicídio de um colega. Conhecido no Carandiru como professor Aqueu. Fugiu da prisão há muitos anos, depois de conquistar o direito de cumprir o que restava da pena em regime semiaberto. É até hoje procurado pela justiça."

Joguei o material sobre a mesa do Luar de Agosto enquanto Pedro Melquior arregalava os olhos e começava a folhear meu relatório, que trazia na primeira folha uma foto impressa e desfocada do professor Aqueu ainda jovem, acompanhada de uma breve biografia.

"Aceita um café?", perguntei.

"Pode ser um uísque", disse Melquior, sem tirar os olhos do relatório.

Fiz um sinal para Júnior: "Dois uísques".

Melquior leu avidamente as folhas do relatório. O mormaço da tarde fazia a cidade parecer ainda mais sufocante. Ao final da leitura, Melquior me encarou com gravidade. Ele parecia estar se sentindo muito mal. Apontei os uísques, que Júnior acabara de deixar sobre a mesa. Melquior deu um gole. Aproveitei para fazer o mesmo. Estávamos ambos precisando de um trago. A humanidade está duas doses atrasada, dizia Humphrey Bogart.

"Posso acreditar nisso?", ele perguntou.

"Como assim?"

"Você acha possível que esse..." Ele olhou rapidamente o relatório. "Esse Pizzato do caralho possa estar por trás dos crimes?"

"Acho que tudo é possível, Melquior. Mas cem por cento de certeza é algo que não posso garantir no meu negócio. Você me disse que a polícia está tendo dificuldade para investigar esses crimes justamente porque eles não seguem um padrão conhecido. E não é só a polícia que pensa assim, minhas investigações também me levaram a concluir a mesma coisa. Concordo que a hipótese é meio inusitada, um psicopata anarquista, fugitivo da justiça, estar por trás desse nonsense sangrento, mas não custa nada checar."

"Você pode fazer isso?"

"Até posso, mas você economizaria tempo e dinheiro se a polícia se incumbisse do caso. Eles têm toda uma instituição por trás, além de equipamento e gente especializada."

"Não confio na polícia."

"Você confia em mim?"

Melquior deu mais um gole no uísque, ganhando tempo. Era uma pergunta difícil, admito. Aproveitei para beber mais um pouco também. A resposta poderia ser dolorosa.

"E se vocês trabalharem em conjunto?"

O sujeito era bom em escapar de sinucas de bico.

"A questão é se a outra parte vai topar. Acho improvável."

"Eu perguntei se tudo bem por você."

Fiz um sinal indefinido com o copo, que poderia significar igualmente sim, ou não, ou sei lá, muito pelo contrário, e bebi o que restava do meu malte. Melquior preferiu interpretar meu gesto da maneira que lhe convinha. "Muito bem, obrigado por topar", disse. "Vou ligar para a polícia e propor a parceria."

Fiz sinal para que Júnior me trouxesse mais um uísque. Algo me dizia que eu estava entrando numa roubada. "Dois", completou Melquior, com o celular grudado na orelha, aguardando que alguém atendesse sua ligação.

O que não se faz por um punhado de dinheiro, diria Judas Iscariotes.

Enquanto Júnior nos brindava com mais duas doses, Melquior tentava atabalhoadamente se explicar ao telefone para o que supus ser o delegado encarregado do caso. Melquior estava claramente tenso com a situação, mas o homem, se não fosse um assessor de imprensa — seja lá o que for isso —, seria com certeza um bom advogado.

"Estou em contato com alguém que tem uma informação cabal que pode levar ao desvendamento do caso... Não, não é denúncia anônima... Não, também não é delação premiada..."

Comecei a me arrepender de ter topado a empreitada. Trabalhar com tiras é sempre pior do que se pode prever. Dei um gole no uísque, *o* gole, já que sequei o copo de um golpe só, e fiz um sinal para que Melquior me passasse o telefone.

"O quê?", ele disse, tapando o aparelho com a mão.

"Deixa eu falar com ele. E logo, antes que passe o efeito do uísque."

"Um momento", disse Melquior ao seu interlocutor. "Vou passar você para o contato." Melquior dirigiu-se a mim enquanto me passava o celular. "El*a*", corrigiu-me. "Delegada Cristina, da Polícia Federal."

Agora quem tapou o aparelho fui eu. "Ela? Polícia Federal? Por que você não me avisou que o caso estava com a Federal? E que a responsável era uma delegada?"

"Eu ia avisar, mas você me interrompeu no meio da conversa!"

Não havia mais tempo para embates verbais com meu cliente. O bom senso aconselha que não se deixe um delegado da Polícia Federal esperando ao telefone, que dirá uma delegada. Se um minuto antes eu tinha dúvidas quanto a ter aceitado a proposta de Melquior, agora tinha certeza de que havia feito a opção errada.

"Remo Bellini", eu disse. "Investigador particular. Boa tarde."

"Cristina Cereno, Polícia Federal. O Melquior não me disse que você era um detetive."

"Ele também não me disse que a doutora era da Federal."

"Um a um?", ela perguntou, com charme, amabilidade e ironia raríssimos em delegados de qualquer espécie. "Hoje estou tendo um dia do cão. Você pode me encontrar aqui na Superintendência amanhã de manhã?"

"Não pode ser num lugar neutro? Não costumo ser bem recebido em agremiações policiais..."

"Padaria Treviso, na esquina da Luís Gatti com Gino Cesaro, aqui na Lapa, às sete e meia da manhã. Não posso me afastar da Superintendência, infelizmente. Muito trabalho. Te espero para o café, seja pontual, por favor." E desligou.

Devolvi o celular para Melquior. "Tudo resolvido", eu disse. "Me encontro com a delegada Cristina amanhã cedo."

Ele parecia distante. Assentiu com um movimento da cabeça e guardou mecanicamente o celular no bolso do paletó. Reparei que Melquior, como eu, já havia secado seu copo de uísque.

"Tudo bem?", perguntei.

Ele apoiou os braços na mesa e seu rosto se contorceu numa careta. Em seguida aninhou a cabeça nos braços e começou a chorar.

"Calma", eu disse. "Vamos pegar esses caras, garanto."

Ele me olhou com o rosto vermelho. Lágrimas escorriam pelas faces.

"Calma?", ele perguntou. Havia ódio e desespero em seu olhar. "Calma?"

Melquior abriu seu iPad sobre a mesa. Mostrou-me novamente a foto da mulher com a mão amputada no hospital, a mesma que eu vira em nosso primeiro encontro.

"Calma?", insistiu, com o dedo sobre o punho esquerdo da mulher, bem no ponto em que a mão fora decepada. "Essa aqui é a Melanie, minha esposa. Arrancaram a mão dela para roubar a aliança de diamantes que dei no aniversário de dez anos do nosso casamento! Eu comprei com desconto, você tá entendendo? Com desconto e em parcelas!" Ele voltou a chorar.

Sem que Melquior notasse, fiz discretamente um sinal com os dedos para Júnior, o V da vitória. Ou o paz e amor dos hippies. Mas não havia nenhuma vitória, paz ou amor a celebrar. Eu sinalizava ao garçom que precisávamos de mais dois uísques, com urgência.

10.

Uma neblina espessa encobria o aeroporto de Congonhas no começo da noite. Outra neblina igualmente consistente, advinda do consumo excessivo de uísque durante a tarde, também me envolvia. E um embrulho no estômago. Ao descer do táxi, imaginei que chegava ao aeroporto de Glasgow.

"Vai graxa, patrão?", interpelou-me um pequeno e sorridente engraxate afrodescendente – que antigos habitantes chamariam de um pivetinho preto –, um zumbizinho doidão de crack que apontava meus sapatos.

"Não, obrigado", eu disse, e constatei que não estava em Glasgow. Caminhei pelo saguão do aeroporto até os painéis informativos dos voos. Acionei o discman – aeroportos sempre me inspiram a ouvir John Lee Hooker.

Boom, boom, boom, boom
I'm gonna shoot you right down...

Os painéis informavam que a pista do aeroporto estava fechada devido à neblina. No balcão da companhia aérea disseram que os aviões faziam voltas sobre o aeroporto à espera da dissipação do nevoeiro, algo que poderia ou não ocorrer. "Sem previsão", disse a atendente com um sorrisinho entre o sádico e o burocrático. Se a situação perdurasse, os voos seriam desviados para o aeroporto de Cumbica, em Guarulhos, ou para Viracopos, em Campinas.

Restava-me aguardar.

Fui até um sushi bar que funciona no saguão central do aeroporto e pedi um chope. Nada melhor para combater a ressaca, justificam-se alcoólatras mundo afora. Reparei que o zumbizinho engraxate que me abordara na calçada do aeroporto pouco antes agora devorava um yakisoba no balcão. Com palitinhos! Que bela tese antropológica aquele menino não renderia. Não se fazem mais engraxates como antigamente.

Put you in my house
Boom boom boom boom...

Alguém me cutucou o braço, uma vizinha de balcão que até então me passara despercebida, uma senhora bastante maquiada, que lembrava uma versão mais inchada e colorida da rainha da Inglaterra. Ou então era o uísque ingerido à tarde que insistia em não me abandonar, influenciando minhas impressões da vida, além de acrescentar ao blues de John Lee Hooker um inusitado toque de gaita de foles.

"Sim?", eu disse, desvencilhando-me dos headphones e encarando a aspereza da realidade auditiva: sons desencontrados, cacofonia de vozes humanas — algumas exageradamente amplificadas pelos sistemas de som do aeroporto — e ruídos diversos que juntos não diziam absolutamente nada.

"O senhor também tem medo de andar de avião?", perguntava-me a inoportuna velhota, e um avassalador eflúvio de malte barato invadiu-me as narinas. Por que eu não conseguia me livrar da sensação de que a atmosfera terrestre incorporara o álcool e o malte ao nitrogênio, oxigênio, argônio e gás carbônico de sua fórmula original?

"Saúde!", disse a velha sem esperar minha resposta, enquanto brandia um copo de uísque na minha direção. Ufa, eu não estava louco. Era da boca da simpática pentelha que emanava aquele bafo falsificado.

"Saúde", retribuí, fazendo meu copo de chope tocar de leve no seu copo de uísque. Fiz menção de colocar de volta os headphones e voltar à paz do mundo encantado de John Lee Hooker, mas a velha tinha outros planos para mim.

"O senhor também tem medo de andar de avião?", ela insistiu, apoiando sua mão no meu braço e impedindo que eu recolocasse os headphones em seu devido lugar, minhas pobres orelhas.

"Tenho um pouco, como todo mundo. Mas hoje estou só esperando alguém. O aeroporto está fechado para pousos e decolagens."

"Eu sei. É por essas e outras que morro de medo de andar de avião! Fico nervosa só de pensar que alguém que você aguarda está dando voltas no ar, aqui em cima." Ela apontou para o alto. "Sem saber se o combustível da aeronave vai acabar antes que a pista do aeroporto seja liberada."

"Não se preocupe, caso o nevoeiro não se dissipe, os voos serão direcionados para Guarulhos."

"Eu não estou preocupada, *você* é que deveria estar. Quem disse que Cumbica está operando?" E nesse momento ela deu um gole no uísque, ampliando o efeito desestabilizador de sua interrogação. "Fechado! Deu na televisão, vi antes de sair de casa. O nevoeiro em Guarulhos está pior que aqui."

Agora fui eu que dei um gole no chope. Percebi que a declaração da velhota agourenta me deixara inquieto.

"Nesse caso os voos irão para Campinas, ou retornarão ao ponto de origem", eu disse, e minha afirmação foi suficiente para me tranquilizar.

"Isso é o que você pensa. Quem pode garantir que Viracopos está operando? Você sabe como está o tempo em Campinas? E como pode ter certeza de que o avião terá combustível suficiente para voltar ao ponto de origem?" Novamente ela apontou para o alto, como se rogasse uma praga. "Depois de desperdiçar tanta gasolina dando voltas à toa aqui em cima? Duvido!", concluiu, e voltou calmamente ao seu uísque.

"A senhora está indo pra onde?", perguntei, numa tentativa de mudar o rumo da conversa, ou de, no caso de ela não saber aonde se destinava, mandar-lhe à puta que pariu.

"Eu? Pra lugar nenhum. Não ando de avião, não sou louca. Moro aqui perto, no Jabaquara. Toda noite, antes de dormir, passo por aqui pra tomar meu gorozinho. Quem você está esperando? Sua esposa?"

"Não exatamente", eu disse, e bebi de um gole o que restava do chope. "Por que a senhora gosta tanto de vir até aqui?"

"É uma inquietação, um negócio que eu sinto por dentro. Tenho certeza de que ainda vou presenciar um acidente aéreo. Saúde!" E agora foi a vez dela de virar o que restava do copo.

Eu já tratava de pedir a conta e fugir logo daquele poço de mau agouro, quando uma movimentação diferente se fez notar no saguão. Será que algum avião tinha caído?

"O aeroporto abriu!", anunciou o barman, entregando-me a conta.

"Inclua os uísques dessa senhora, por favor", eu disse, e sorri gentilmente para a rainha da Inglaterra, digo, do Jabaquara. Embora ela tenha sorrido de volta, percebi um laivo de decepção em seu rosto.

11.

No táxi, a caminho do hotel, quase não nos falamos.

Eu me sentia melhor e desconfiava que a conversa com a velha agourenta conseguira, magicamente, além de dissipar o nevoeiro que pairava sobre Congonhas, dissipar também minha ressaca escocesa. Marianne da Ira desembarcara já tarde da noite, e depois de tantos meses sem vê-la não parecia ter mudado muito. É certo que estava um pouco mais magra e com certeza mais abatida, mas a perspectiva de um tratamento à base de quimioterapia e transfusões de sangue nos próximos dias justificava qualquer abatimento. Mesmo um abatimento, para Marianne da Ira, sempre se manifestava de forma não convencional. Ao sair da plataforma de desembarque, ela lembrava uma estrela internacional do rock: vestida com a mesma minissaia jeans que tantas recordações me trazia, as familiares botas e uma jaqueta franjada de couro, coroava-a um vistoso chapéu de feltro branco. Ouvindo impávida seu iPod, ela parecia mais cosmopolita do que nunca. Não por acaso duas garotas pediram para tirar fotos com Marianne, presumindo que, fosse ela quem fosse, com certeza tratava-se de uma celebridade. Eu havia planejado um jantar romântico numa cantina do Brás, mas o nevoeiro atrapalhara meus planos, atrasando a chegada de Marianne, e as cantinas do Brás, como quase todas as cantinas da cidade, costumam fechar cedo em noites da semana.

"Você deve estar com fome", eu disse, "mas a essa hora não vamos encontrar muita coisa aberta."

"No hotel eles têm um ótimo serviço vinte e quatro horas", ela disse. "Com comida japonesa."

"Se você quiser, podemos tomar um aperitivo no meu apartamento e depois vamos jantar no hotel."

"*Take me to the river, drop me in the water*", ela respondeu, cantarolando o hit de Al Green.

"E como vai Goiânia?", perguntei, com medo de que o taxista fosse bilíngue, levasse a letra da música ao pé da letra e nos conduzisse e arremessasse no rio Tietê. Nem todos, como eu, têm paciência de aguentar uma pessoa que fala cantando.

"Lá não se pode pedir comida japonesa no *room service* de nenhum hotel", garantiu Marianne. "*Use your illusion*, Remo Bellini! Dá pra gente esquecer um pouco Goiânia?"

"Não dá", eu disse, e a beijei. Estávamos na avenida Vinte e Três de Maio, mas o beijo só terminou quando o taxista disse "Chegamos", depois de ter estacionado na Peixoto Gomide em frente ao Baronesa de Arary.

Durante o aperitivo em meu apartamento – que não é propriamente um apartamento, mas uma desolada quitinete –, Marianne e eu não chegamos a consumir nenhuma bebida alcoólica. Em primeiro lugar porque ela estava prestes a iniciar um tratamento médico e não era recomendável que bebesse; em segundo porque eu ainda estava me recuperando de uma ressaca; mas, principalmente, porque ao entrar na minha residência não nos sobrou tempo nem vontade de fazer outra coisa que não fosse nos despir o mais rapidamente possível e consumir, não sem uma dose de violência e atabalhoamento, um desejo brutal que teria nos surpreendido se não estivéssemos tão concentrados em saciá-lo.

12.

Algum tempo depois, já no quarto de Marianne no hotel, observávamos o vão do MASP pela janela enquanto aguardávamos a chegada do combinado de sushi e sashimi que tanto a excitava. Os donos da rede hoteleira eram descendentes de japoneses, portanto pode se encontrar comida japonesa de boa qualidade nas refeições no quarto. O hotel, por coincidência, ficava muito perto da minha casa e tudo que víamos pela janela me era terrivelmente familiar. Há um tipo específico de melancolia que só acomete aqueles que vivem nas imediações da avenida Paulista.

"Por que a gente não dá mais uma antes de chegar a comida?", sugeri, para afastar a morbidez.

"*Broken heart and broken bones, finger pressing down to the horse pills...*"

"O que é isso?"

"I Hate Myself and I Want to Die", Nirvana. Quer acabar comigo? Vou chegar morta amanhã pra fazer a quimio...", ela disse, já tirando a roupa.

"Calma!", alertei. "Deixa que eu tiro a roupa pra você."

Queria despir sua calcinha, que dessa vez não era o Grande e Úmido Caramujo Branco que tanto enlevo me causara em Goiânia. Na Pauliceia, Marianne optara por um modelo negro e rendado, da grife Victoria's Secret, mais adequado a uma cosmópole, provavelmente adquirido numa de suas viagens a Nova York.

Em poucos minutos já estávamos novamente arfando nus, num emaranhado de bocas, braços e pernas, quando a campainha tocou.

"*Room service!*", anunciou o garçom como um tenor de opereta.

"Abre a porta!", ordenou Marianne, rindo, enquanto corria para o banheiro. Enrolei-me no lençol, e disfarçar a minha ereção me deu algum trabalho, pois dei algumas voltas a mais no lençol, o que me transformou momentaneamente num peso-pena de sumô. Ereção é um negócio engraçado: muitas vezes, quando quero que meu pau fique duro, ele não fica. Outras, quando quero que ele amoleça, permanece obstinadamente duro. Quando abri a porta, o simpático tenor nipônico lançou um olhar rápido na direção da minha região pélvica — o que provou que meu disfarce de lutador de sumô não encobrira minha ereção —, largou o barco repleto de sushis e sashimis sobre a mesa com uma desenvoltura de bailarino, pediu minha assinatura numa nota e se mandou. Marianne saiu nua do banheiro, deitou na cama e disse: "Sirva alguns sushis no meu corpo. Depois a gente come a segunda rodada no seu...".

Por que tudo com Marianne tinha de ser tão diferente? Trepadas no zoológico de Goiânia, Tour Césio-137, sushis servidos em corpos suarentos...

"Meu abdome é muito irregular, vamos brincar que sou o sushiman e você é o balcão, o.k.?", propus, e comecei a distribuir as fatias de salmão, atum e pargo sobre a barriguinha bem definida de Marianne da Ira. Como se sabe, não ouso questionar ordens de uma mulher decidida. Nua, ainda por cima.

Mais tarde, quando o inusitado jantar já tinha acabado e um cansaço deprimido começava a se abater sobre nós como se vivenciássemos um fim de domingo, perguntei a Marianne se toparia dar um passeio até o zoológico municipal no dia seguinte, para conhecer as girafas locais.

"Não rola", ela disse. "Tenho de dar entrada no hospital de manhã. Meu irmão Bruno e minha cunhada Mariza chegam amanhã bem cedo pra me acompanhar. Vim um dia antes só pra te ver. *The dream is over...*"

"Pra mim ele está só começando. Vou te visitar no hospital."

"Não, você *não* vai. Me promete que não vai? Detesto que me vejam no hospital."

Fiquei quieto, olhando para ela.

"Se você for, não te recebo. Pronto."

"Compreendo. Mas eu gostaria de te ver."

"Não."

Levantei da cama e comecei a catar minhas roupas pelo chão.

"Não quer dormir aqui comigo?", ela disse.

"Acho melhor não. Eu poderia não querer te largar mais e você teria de aceitar minha presença no hospital."

"Sei. Você está falando isso porque tem preguiça de acordar cedo."

"É verdade. Mas não é esse o motivo. Amanhã tenho um encontro de trabalho praticamente de madrugada. Preciso estar na Lapa às sete e meia da manhã, de terno e gravata, banho tomado e barba feita."

"A Lapa de São Paulo é animada como a Lapa do Rio?"

"*Use your illusion*, Mériêine. Nem um pouco parecidas. Nunca duas Lapas foram tão distintas."

"Vai perder o café da manhã japonês."

"Vou perder muito mais que isso."

"Quando a químio terminar, antes de voltar para Goiânia, eu vou com você no zoológico conhecer as Mariannes Faithfulls paulistanas."

"Promessa é dívida", eu disse.

"*I swear by the moon and the stars in the skyes...*"

Despedimo-nos com um beijo.

Antes de fechar a porta do quarto desejei-lhe boa sorte e pedi que me ligasse caso precisasse de alguma coisa.

"O que dizia o horóscopo de hoje?", ela perguntou.

"Não consulto mais o horóscopo desde que voltei de Goiânia."

"Viu? Às vezes Goiânia serve para alguma coisa", ela concluiu, visivelmente satisfeita com meu desprendimento dos desígnios astrológicos.

Fechei a porta.

Ao voltar para casa, enquanto atravessava a avenida Paulista, vi um mendigo rastafári urinando num dos portões do parque Trianon. Um homem usando uma capa largou umas moedas ao lado do rasta e seguiu andando. Um bom samaritano ou uma bicha com segundas intenções? Não era da minha conta. Pensei que as últimas duas vezes que eu tinha feito sexo foram com uma paraplégica e com uma vítima de contaminação radiativa. Será que isso queria dizer alguma coisa?

Talvez eu devesse voltar a consultar o horóscopo.

13.

O trânsito em São Paulo às sete horas da manhã é uma experiência científica. Se Deus existe, ele é um menino sádico que gosta de brincar de carrinho, colocando os motoristas em engarrafamentos para testar sua paciência. Ou sua impaciência, tanto faz. Se eu soubesse antes que o negócio era tão espetacular, talvez acordasse mais cedo só para presenciar, mesmo que da janela, a desintegração de uma civilização. Considero-me um privilegiado, não é sempre que se pode testemunhar esse tipo de coisa. A bordo de um táxi, eu me arrastava em círculos por um gigantesco congestionamento tentando chegar à padaria Treviso, na esquina da rua Luís Gatti com a Gino Cesaro. Definitivamente, o bairro paulistano da Lapa não tem nada a ver com a Lapa carioca, famosa por seus bares e recantos históricos e boêmios. A Lapa paulistana em nada lembra um recanto de sambistas, mas um bairro em que descendentes de imigrantes parecem se dedicar ao trabalho ininterrupto. De que outra forma explicar todo aquele alvoroço antes das oito horas da manhã?

Quando entrei na padaria Treviso, com apenas vinte minutos de atraso, algo plenamente aceitável em São Paulo, uma senhora com óculos de lentes grossas – que faziam com que seus olhos se multiplicassem sob as lentes – já me aguardava no balcão, com um copo de café com leite e um pão com manteiga intocados à sua frente. Ela consultava o relógio no momento em que a avistei e, pelo jeito de diretora de colégio, presumi que fosse a delegada Cristina.

"Delegada Cristina?", eu disse, caprichando na mesura.

"Eu? Tá me achando com cara de delegada?", perguntou a mulher, e notei que seus vários olhos se comprimiam sincronizadamente numa risada. "Antes fosse. Acho que uma delegada ganha melhor que uma professora, não?"

"Desculpe", eu disse, e nesse momento reparei em outra mulher sentada a uma das mesas nos fundos da padaria. Ela observava a cena e, pela expressão divertida de seu rosto, supus que fosse a verdadeira Cristina. Fez um sinal com a mão e me encaminhei até sua mesa, depois de me desculpar mais uma vez com a professora de olhos múltiplos.

"Sente-se", disse Cristina, sem se dar ao trabalho de se levantar, ou de me cumprimentar.

Sentei-me. Havia um exemplar do *Estado de S. Paulo* aberto à sua frente.

"Comecei pagando um mico", eu disse.

"Achou que ela tinha mais cara de delegada do que eu?", ela perguntou, fechando o jornal.

"Sou um cara meio antiquado. Antigamente as delegadas eram mais..."

"Mocreias?"

"Se a doutora quiser definir assim. Imaginei que a doutora fosse mais velha, com todo o respeito."

"Pare de me chamar de doutora! Bandido é que chama delegado de doutor. Pode me chamar de Cristina."

"Remo Bellini, encantado."

"Hoje de manhã, quando eu disse pro meu marido que estava indo encontrar um detetive particular, ele perguntou: 'Existem mesmo detetives particulares? Achei que fosse só nos filmes'. Eu também achava. Pelo teu jeito, imagino que detetives particulares não sejam tão diferentes de policiais."

"Tenho um colega que diz que a polícia garante a ordem e aos detetives particulares cabe descobrir a desordem."

"Legal. Gostei. Vou contar pro meu marido."

"O que nos diferencia dos policiais é certa independência no trabalho. Em compensação, não temos a máquina administrativa ao nosso lado. Seu marido também é policial?"

"O que deixa vocês mais imunes à corrupção. Meu marido é esportista, professor de jiu-jítsu."

"Talvez você esteja romantizando um pouco a profissão. A corrupção, como se sabe, é um polvo de braços infinitos. Jiu-jítsu? Interessante."

"No mínimo vou concluir que você é uma exceção à regra, Remo Bellini."

"Faço parte da escola antiga."

"Então somos dois. Não se iluda com minha pouca idade. Em termos de ética e moral, sou uma velhinha."

"Nem com toda a ética e a moral do mundo eu conseguiria ver você como uma velhinha", eu disse, não resistindo a fazer um galanteio, mesmo ciente de que seu marido era professor de jiu-jítsu.

"Você está me cantando ou é impressão?"

"De forma alguma. Sou da escola antiga, como já disse. Tome a frase por um elogio desinteressado."

"Elogio desinteressado. Adorei. Obrigada. Mas essa não vou contar pro meu marido."

"Aprecio o bom senso. Que tal se passássemos logo ao assunto principal? Estou sinceramente temeroso de falar mais alguma bobagem."

E de levar uma surra do professor de jiu-jítsu.

"Claro!", ela concordou, rindo. "É por isso que estamos aqui, afinal, para colaborar e unir forças, certo?"

Concordei. A expressão *unir forças* adquiria toda uma gama de significados ambíguos em sua boca carnuda.

"Qual é a informação cabal que o sr. Pedro Melquior anunciou com tanta excitação?", Cristina emendou, enquanto conferia as horas em seu celular.

14.

De madrugada, acordei de um pesadelo em que uma mulher de óculos fundo de garrafa — como a professora que eu confundira com a delegada Cristina na padaria, de manhã — tentava me violentar sexualmente. Ela me agarrava com força, irritada por eu não conseguir uma ereção, e vociferava contra mim. Eu sentia seu hálito fétido e via seus olhos se multiplicarem por trás das lentes, mas não conseguia entender o que ela dizia, como se falasse em outra língua, tampouco conseguia me mover. Quando despertei, alguns trovões anunciavam uma tempestade na madrugada, e um cheiro de esgoto aberto — que maus ventos traziam do rio Pinheiros — entrava pela janela. Fechei os vidros e fui até a geladeira atrás de água. Não havia absolutamente nada dentro da geladeira, nem luz. Mas estava funcionando, pois um bafo gelado me envolveu, o que me fez lembrar que minha carne estava mais quente que minha alma, provando que eu ainda estava vivo, ainda bem. Depois de me convencer de que eu tinha de ir até o supermercado qualquer hora dessas, bebi água da torneira da cozinha (acredito que a água que corre na cozinha é mais limpa que a que corre no banheiro, mas não há nenhum fundamento que justifique essa impressão) e me sentei na cama, insone. Introduzi Etta James no toca-discos — "Stormy Weather" — e fiquei pensando em Marianne da Ira. Como ela estaria agora?

Don't know why
There's no sun up in the sky
Stormy weather
Since my man and I ain't together
Keeps raining all of the time...

A canção não poderia ser mais oportuna. Não só porque uma tempestade começava a lavar a cidade como também porque Etta James tinha tudo a ver com Marianne da Ira. Quando vi Marianne pela primeira vez, no exato momento em que recebia o telefonema do sequestrador — Brandãozinho, o fornicador, que, eu não sabia ainda, era o sequestrador de si mesmo —, na minha primeira noite em Goiânia, no bar do Costa's Plaza Hotel, Marianne cantava "Mercedes Benz", de Janis Joplin. Janis, é sabido, foi bastante influenciada por Etta James, cujo nome verdadeiro é Jamesetta Hawkins, bem mais interessante que o artístico, diga-se. Por mais medíocre e inconsequente que tenha sido a carreira musical de Marianne da Ira, não dava para negar que ela tinha o páthos das grandes cantoras, sempre vitimadas por um sofrimento atroz e infinito. Ou então eu estava me apaixonando por ela, o que era bastante previsível para um romântico patológico como eu, mais patológico que romântico, disposto a misturar sexo, dor e culpa sempre que possível. Por que mulheres sofredoras e desafortunadas — vítimas de tragédias — andavam me atraindo tanto ultimamente?

Tirei Jamesetta Hawkins do toca-discos e troquei-a por Eleanora Fagan, Billie Holiday para os não íntimos — "Good Morning Heartache" —, e fiquei pensando em Gisele, a hacker paralítica que gostava de ser chamada de "cadeirante", e não de paralítica, numa prova de que as palavras têm muito mais poder do que o que atribuímos a elas. Se era para sofrer, por que não sofrer no mais elevado estilo? E, se era para me apaixonar, por que não me apaixonar logo por duas mulheres? Jamesetta, Eleanora, Marianne e Gisele... digo, por quatro mulheres?

    Ao amanhecer a chuva já tinha cessado, assim como as vozes inebriantes de Jamesetta e Eleanora e as lembranças perturbadoras de Marianne e Gisele. Mas a insônia persistia, e com o raiar do dia uma nova mulher tomava forma no meu pensamento. Cristina Cereno, a delegada federal, com toda a sua beleza e juventude – e também superficialidade. Uma mulher em quem não denotei nem páthos nem sofrimento, apenas eficiência e uma sutil dissimulação, ocupava agora minhas lembranças. Na manhã do dia anterior, em nosso encontro, ela fora extremamente receptiva à hipótese de que o professor Aqueu estivesse por trás dos crimes dos motoboys. Parecia-me estranho que todo mundo aceitasse sem maiores resistências essa hipótese como plausível, pois a mim ela não convencia plenamente. Um anarquista psicopata chefiando uma quadrilha de ladrões motoboys cuja finalidade única era amputar membros de burgueses para lhes roubar joias e relógios como uma punição política? Talvez uma punição apocalíptica coubesse melhor.

    Às vezes eu tinha a impressão de que me movia dentro de um sonho.

    Durante a conversa com a delegada, fora difícil manter encoberta a identidade da Gorda, já que Cristina, talvez por uma excessiva observância do manual, insistira obsessivamente que eu lhe revelasse a fonte da informação. Estive prestes a revelar-lhe a identidade de minha excêntrica informante por duas vezes, desculpando-me comigo mesmo com o duvidoso argumento de que fornecia a informação para *uma*, e não *um*, tira – como previa meu acordo com a Gorda –, mas consegui me conter e no fim das contas venci a queda de braço, não sei se por cansaço da oponente ou pelo adiantado da hora: Cristina teve de aceitar a informação sem o crédito da procedência, já que, como observei, ao tratar com um detetive particular ela teria de dar algum espaço para a liberdade poética e acatar a teoria da geração espontânea, aquela que, segundo os gregos

Anaximandro, Anaxímenes, Xenófanes, Parmênides, Empédocles, Demócrito e Anaxágoras, permite crer que uma informação também pode brotar do nada. Superado o impasse inicial, Cristina confessou que o caso estava intrigando a Polícia Federal e que só passara a esse âmbito porque a Civil denotara evidências de que a quadrilha poderia ter ramificações em outros estados e até países. Intrigavam os investigadores não só a rara brutalidade dos crimes, como sua aparente falta de sentido, já que as joias e os relógios roubados simplesmente sumiram de circulação, como se por trás das ações estivesse um excêntrico colecionador, e não assaltantes profissionais. Cristina afirmou que quadrilhas especializadas em roubar joias e relógios eram relativamente comuns, mas assaltantes que serrassem sistematicamente pulsos, cartilagens, dedos, orelhas e pescoços de vítimas eram absolutamente inéditos, principalmente levando-se em conta a dificuldade operacional dessas ações, o que evidenciava um sinistro e sofisticado método de trabalho. Ao fim do encontro – em que mal bebemos um café expresso aguado –, Cristina Cereno me agradeceu e garantiu que o professor Aqueu seria localizado e rastreado nas próximas horas. Prometeu manter-me informado e alertou para que eu ficasse atento às notícias, pois os crimes já haviam vazado para a imprensa, o que poderia ser bom ou mau para as investigações. "O tempo vai dizer", ela profetizou, e nos despedimos. A lembrança dela, acrescida do som monótono dos carros na avenida Paulista, me fez adormecer.

15.

Alguns dias depois, tudo se precipitou.

Já passava de meio-dia quando despertei. Liguei para o celular de Marianne, que continuava caindo na caixa de mensagens. Havia dias eu tentava um contato, inutilmente. Não tivera mais notícias dela desde a noite anterior à sua internação. Decidi ir até o Hospital Sírio-Libanês para saber como ela estava, ainda que tivesse me pedido que não fosse até lá. Um mau pressentimento se delineava em algum lugar entre o centro do meu tórax e o fundo do meu cérebro. No momento em que eu me preparava para sair para o hospital, meu celular tocou. "*Celebrity!*", disse Júnior, com o inconfundível timbre dos obesos.

"Qual foi agora?"

"Venha para o breakfast, senhor", disse, naquele tom indefinido entre o mordomo francês e o inglês, ambos *muito* veados. "E não se esqueça dos óculos escuros."

"Que babaquice é essa, Júnior?"

"Não leu os jornais ainda? Eu sabia. Vem logo, é sério. Você bombou na imprensa. Pegaram o Aqueu!"

Abalei-me para o Luar de Agosto. O celular tocou novamente antes que eu chegasse às escadas internas do meu prédio.

"Depois você ainda diz que não acredita em Deus. Quem você acha que te proporcionou essa redenção?"

"Dora?"

"A bronca por você não ter me avisado desse caso fica pra depois, pretendo ir até São Paulo nos próximos dias. O médico me liberou. Por enquanto, fico só nas felicitações pelo trabalho e pela... redenção."

Redenção era uma palavra forte, digna de seres onipotentes. Talvez fosse um exagero de Dora vincular a palavra a mim. Mas, como comprovei nas horas seguintes, em minha mesa de trabalho no Luar de Agosto, Dora estava certa — no que se refere à redenção, obviamente; Deus ainda teria de se esforçar um pouco mais se quisesse me convencer de sua existência. Graças a Cristina Cereno, a delegada da Polícia Federal, meses depois dos acontecimentos em Goiânia, que quase sepultaram minha reputação, eu finalmente me reabilitava perante, no mínimo, a freguesia da lanchonete situada na esquina da Peixoto Gomide com a alameda Santos. Numa operação brilhante e eficiente, nominada Operação Ares em homenagem ao deus grego da guerra selvagem, notório por sua sede de sangue, a Polícia Federal conseguira elucidar em poucos dias o roubo de joias e relógios em que as vítimas tinham partes do corpo decepadas pelos ladrões. Os membros da gangue dos motoboys estripadores estavam todos presos, surpreendidos pela polícia no momento em que se preparavam, numa garagem no bairro do Tucuruvi, para mais um assalto sangrento. O sucesso da Operação Ares se devia também ao auxílio que centenas de motoboys inocentes, preocupados com a imagem da classe, prestaram à polícia, cedendo informações e ajudando na logística. Os jornais multiplicavam a imagem do momento da prisão de Aqueu de Albuquerque Pizzato, homicida e fugitivo da justiça, considerado o cérebro dos crimes. Na foto, o professor Aqueu, barbado e cabeludo, lembrando vagamente uma versão mais velha do assassino Charles Manson, olhava desafiadoramente para a câmera, com uma expressão irônica, embora não sorrisse. As intenções do professor Aqueu com os crimes eram nebulosas. Segundo a Polícia Federal, Pizzato acreditava estar iniciando uma guerra contra o capitalismo e os sistemas dominantes, e pretendia com suas ações insuflar a rebeldia nos "corpos e mentes sensíveis à grande transformação global". De que maneira o professor aloprado conseguira financiar seus crimes, já que não revendera as joias nem os relógios roubados, era uma questão ainda sem resposta, mas que a polícia pretendia elucidar, como muitos outros pontos, em interrogatórios programados com os criminosos nos próximos dias.

De tudo isso, o que me catapultava à condição de "celebridade", como festejara Júnior, era uma declaração da delegada Cristina, reproduzida em todas as mídias: "O sucesso da operação deve muito ao investigador privado Remo Bellini, que denunciou o professor Pizzato à polícia por suspeitar que estivesse por trás dos crimes dos motoboys estripadores".

E assim me tornei de novo um forte candidato ao troféu Sherlock Holmes do ano, além de ter recebido, no decorrer do dia, toda espécie de láurea e felicitação. Pedro Melquior apareceu ainda pela manhã, trazendo-me um cheque mais rechonchudo do que o combinado, além de uma coleção de relógios sortidos como bombons – enviada por joalheiros e relojoeiros da mais alta estirpe – que me transformaria rapidamente num maneta caso os motoboys estripadores ainda estivessem na ativa. Marlon Brandão, dona Sula, Eliane Bomfim e vários clientes, ex-clientes e ex-namoradas também me ligaram, assim como alguns desafetos, convencendo-me de que uma nova era de ouro se iniciava para a Agência Lobo de Detetives.

No fim da tarde, eufórico pelo sucesso, pelos presentes recebidos e os chopes ingeridos, eu já tinha transferido para o dia seguinte minha ida ao Hospital Sírio-Libanês para checar a situação de Marianne da Ira, quando um telefonema me lembrou de que, para um homem bem-sucedido e detentor de uma coleção de relógios variados, nada mais adequado que uma coleção de mulheres, para, no caso da falta de uma, outra estar à disposição. Ainda que meu harém só contasse com duas residentes, e ambas sofressem terríveis limitações e padecimentos físicos e psicológicos.

"Bellini?", disse Gisele. "Parabéns. Você deve estar cheio de coisas pra fazer, mas é que descobri uma coisa interessante sobre esse caso."

"Obrigado, Gisele. O que você descobriu?"

"Você teria de vir até aqui. Na verdade, você já tinha cruzado o caminho desse professor Aqueu antes. Mas talvez não tenha percebido, e provavelmente desconhecia o nome dele na época."

Fiquei em silêncio por alguns instantes.

"Se isso não é suficiente pra te convencer a vir até aqui, tenho outra informação: meus pais foram ao Municipal assistir a *O anel do nibelungo*, do Wagner, uma das óperas mais longas da história."

Fui a pé até o prédio de Gisele, na alameda Lorena. Quanto mais eu descia a ladeira da Peixoto Gomide em direção à Lorena, mais no topo do mundo me sentia. E a perspectiva de um sexo diferente com Gisele deixava tudo mais estimulante.

Gisele abriu a porta do apartamento na cadeira de rodas, nua da cintura para cima, segurando duas garrafas de cerveja. Seus seios pareciam dizer: *sorria, você está sendo filmado*.

Devo agradecer ao compositor alemão Richard Wagner pela extensa duração de sua ópera *O anel do nibelungo*, pois nunca eu e Gisele nos divertimos tanto pelas dependências do vasto apartamento, com uma privilegiada vista da metrópole paulistana em seu lado, digamos, mais nobre. Senti-me como um adolescente na casa de uma colega rica. A visão dos prédios, casas e alamedas dos Jardins, culminando na massa de árvores do Parque do Ibirapuera, fazia supor que aquela cidade se localizava na Austrália, ou no Canadá, e não no Brasil. Mas essa ilusão se devia provavelmente às cervejas ingeridas, à euforia causada pelas notícias da prisão do professor Aqueu e à agradável sensação proporcionada pelas ejaculações seguidas que deixaram lambuzados os seios de Gisele. Pela primeira vez, eu a ajudei a sair da cadeira de rodas para algumas manobras experimentais – bastante satisfatórias – no sofá da sala. Já era tarde da noite e os pais de Gisele ainda não tinham chegado do Teatro Municipal quando demos por encerrada a folia e fomos descansar no quarto dela, já devidamente recompostos e vestidos, ela de volta à cadeira. "Devem ter ido tomar um drinque em algum lugar", disse, quando estranhei que seus pais ainda não tivessem retornado. Ficamos um tempo em seu quarto ouvindo música, chatices de MPB que Gisele adorava. Na verdade eu cochilava recostado a uma poltrona quando ela desligou os trinados pentelhos e anunciou: "Preciso te mostrar uma coisa". Ligou o computador.

"O quê?", perguntei, entre o sono e a vigília.
"Eu não disse que tinha uma coisa pra te mostrar?"
"Você já mostrou."
"Não estou falando dos meus peitos, Bellini."
"Então não me interessa."
"Teu destino e o do professor Aqueu já tinham se cruzado."
"Pensei que isso era uma desculpa só pra me atrair até aqui."
"E você precisa de desculpa pra vir até aqui?"
Despertei.
"Claro que não. Mas você talvez precise de uma pra me convidar."
"Meus pais gostam de você."
"Acho que eles ficam meio desconfiados."
"Eles ficam felizes porque sabem que você me deixa feliz."
"E ficam desconfiados porque percebem que eu também fico feliz. O que é natural. Pais devem se preocupar com os filhos, eu faria o mesmo no lugar deles."
"Você tem filhos?", ela perguntou.
"Que pergunta é essa? Claro que não."
"Não que você saiba."
"Não sou casado, Gisele."
"Já foi."
"Ninguém é perfeito."

"Quem sabe você não gerou um filho numa dessas relações imperfeitas?"

"Gisele, a sofista. Você vai ser uma advogada incrível."

"Juíza", ela disse. "Quero ser juíza."

Levantei-me, desenrolei uma echarpe que ela trazia no pescoço e vendei seus olhos. "Justitia, a deusa romana da justiça", eu disse, e nesse momento bati os olhos na tela do computador, que mostrava notícias sobre um caso de que eu participara, ocorrido alguns anos antes. Eu realmente tivera uma participação decisiva na elucidação daquele crime, tendo sido contratado por alguns pais que desconfiavam que seus filhos pré-adolescentes estavam sendo vítimas de pedófilos ardilosos. Em alguns meses de investigação, descobri um sofisticado sistema de aliciamento de jovens por parte de aparentemente insuspeitos homens de bem. Ajudei a polícia a desmontar um esquema repulsivo de pedofilia organizada, uma confraria de pedófilos sofisticados e odiosos que incluíam agentes de viagem, professores, profissionais de festas infantis, monitores de acampamento de férias e até policiais militares.

"O que esse caso tem a ver com o professor Aqueu?", perguntei. Não sei por que, meu coração começou a bater mais rápido naquele momento.

"Aqui", disse a deusa Justitia, desvencilhando-se de sua venda e voltando a ser a doce Gisele, enquanto localizava uma notícia para que eu a lesse.

... entre o material apreendido pela polícia na casa de um dos pedófilos detidos, o agente de viagens Saulo Rodrigues, além de fotos de crianças nuas, foram encontrados textos de autoria de um certo professor Aqueu, que fazem apologia da pedofilia, atribuindo à prática absurdos valores filosóficos e políticos...

"Não me lembrava disso...", eu disse, sentindo um embrulho no estômago.

"Curioso, não?", Gisele perguntou. "O destino apronta algumas com a gente..."

A campainha tocou.

"Meus pais", disse Gisele, e foi atender à porta.

Continuei pesquisando as notícias sobre o caso. Vi fotos dos pais das crianças abusadas e reconheci meus clientes entre eles. Fotos dos pedófilos presos, aparentemente inocentes profissionais liberais. Embora minha investigação tivesse permitido na época que a polícia desbaratasse o esquema dos pedófilos, eu não acompanhara a fase das prisões, enojado com a história. Portanto, todas aquelas notícias, apesar de antigas, soavam como novidade para mim. E então notei a foto de um dos policiais presos e senti um arrepio generalizado. Na foto ele estava fardado no momento em que era conduzido algemado para um carro da polícia. Muitos anos haviam se passado desde aqueles acontecimentos, mas o rosto era inconfundível. Era o homem que havia entrado no hotel em Goiânia e enviado a mensagem de meu celular para Filadelfo, como me mostrara o delegado Vieira na delegacia de Goiânia, quando analisávamos as imagens dos circuitos internos de segurança do Costa's Plaza Hotel. Apesar da precariedade da imagem que o flagrara no momento em que, disfarçado de garçom, colocava um guardanapo sobre a câmera no corredor do hotel, eu jamais esqueceria a expressão daquele homem. Como se não bastasse a surpresa proporcionada pela imagem, notei em outra foto o mesmo homem acompanhado de outro policial militar, também detido na operação, numa foto tirada dos suspeitos logo após as prisões, na delegacia. Alguns dos presos cobriam o rosto com a camisa ou camiseta, mas não os policiais militares. Senti faltar o chão sob meus pés. No rodapé da foto, com as pernas bambeando, li o nome dos detidos, e entre eles estavam os dois policiais, que a reportagem informava, numa mórbida constatação, serem irmãos. Eu também conhecia o irmão do homem que invadira meu quarto de hotel em Goiânia. Conhecia-o *muito* bem, aliás.

"Tudo certo?", perguntou Gisele, que se aproximara sem que eu notasse. "Você está pálido!"

Por um momento achei que não fosse conseguir falar nada.

16.

"Mariana da Costa?", perguntou a recepcionista do pronto-socorro do Hospital Sírio-Libanês.

"Sim", respondi.

"O senhor tem de ver isso no setor de internações, já disse. E as visitas só são permitidas a partir das oito horas da manhã."

"O setor de internações está fechado agora", repeti.

"Claro, senhor. São três horas da manhã. Mas o senhor pode se informar sobre os pacientes internados na recepção do hospital."

"Já me informei. Eles não encontraram nada lá e pediram que eu me informasse no pronto-socorro. Só quero saber se a paciente ainda está internada. É tão difícil? Já disse que é uma emergência."

"Senhor, eu não tenho acesso aos arquivos da internação, são setores diferentes. Desculpe, eu também tenho várias emergências aqui." Ela apontou para algumas pessoas que aguardavam atrás de mim, na fila. "Tente amanhã, a partir das sete horas a internação já vai estar funcionando."

Saí sem agradecer. Eu estava nervoso e precisava matar o tempo de alguma forma que não me conduzisse ao hospício. Ou à prisão. Tentei mais uma vez o celular de Marianne, mas continuava desligado. Desisti de deixar outra mensagem. Pensei em ligar para Dora, mas as notícias poderiam acabar por conduzi-la ao hospital. Ou ao cemitério. Pensei em seguir a pé até Diadema, mas me perderia no caminho. Não havia mais nada a fazer por ali. Liguei para Gisele, que, como eu, permanecia acordada.

"Obrigado", eu disse.

"Pelo quê?"

"Por tudo."

"Se cuida", ela disse. "E vai me ligando. Não vou dormir enquanto você não desvendar essa história. Queria tanto poder te ajudar", ela suspirou.

"Você está me ajudando."

"Eu queria poder andar."

"Se você pudesse andar, eu não teria te conhecido."

"Você é carinhoso, mas queria poder andar mesmo assim."

"Eu sei. Isso não é um consolo, mas você está me ajudando muito dessa forma, ligada no computador."

"Se cuida", ela repetiu, com uma voz que lembrava o canto de um passarinho preso na gaiola. Fiquei olhando o vazio depois que desligamos. Belo vazio, aquele que se formara à minha frente. Imenso. Profundo. Abismal.

"O senhor está se sentindo bem?", perguntou a recepcionista do pronto-socorro. Aliás, uma moça bastante sensível.

"Não", eu disse, e saí do hospital. Era preciso encarar os fatos. Caminhei até a praça Catorze Bis e peguei um táxi.

Eu não conseguia parar de pensar na imagem revelada pelo computador de Gisele. Na notícia de muitos anos atrás, o texto sob a foto indicava que os irmãos policiais detidos eram Luiziânio Mendes Menezes e Delfo Mendes — cujo nome completo, eu sabia, era Filadelfo Mendes Menezes.

Luiziânio Mendes Menezes e Delfo Mendes foram presos havia mais de sete anos num rumoroso caso de pedofilia. Segundo as notícias que Gisele conseguira pescar no tenebroso mar cibernético, Luiziânio fora julgado e condenado, mas Delfo escapara por falta de provas.

Tudo começava a fazer sentido agora.

As peças se encaixavam num quebra-cabeça sombrio enquanto eu olhava as ruas vazias da cidade passando pela janela do táxi. Luiziânio e seu irmão mais novo, Filadelfo, ambos policiais militares, são presos por envolvimento com uma quadrilha de pedófilos. Luiziânio é expulso da polícia e condenado a alguns anos de prisão. Seu irmão, conhecido como Delfo, é liberado por falta de provas. Filadelfo, agora usando seu nome completo, consegue entrar na Polícia Civil enquanto cursa a faculdade de direito, e depois de formado torna-se delegado. Quando Luiziânio sai da prisão, eles planejam um golpe para se vingar do homem que manchara sua reputação e enviara Luiziânio para a cadeia: eu.

Já desconfiava que Filadelfo estava de alguma forma envolvido com o sequestro e a morte de Brandãozinho. Agora tinha certeza disso. Toda aquela fixação de Brandãozinho com crianças, o cachorro chamado Jackson Five, o apartamento decorado como um salão de festas infantis...

Vi pela janela o Museu do Ipiranga envolvido por uma névoa fina. A visão remetia a uma cena fantástica, como um velho casarão amaldiçoado de filme de terror. Seria o Brandãozinho um pedófilo? E estaria ele sofrendo chantagem do próprio Filadelfo? Abri a janela do táxi. Eu precisava de ar.

17.

Cheguei à alameda da Saudade, próxima do cemitério municipal de Diadema, às cinco horas da manhã. Ainda estava escuro. Depois que o táxi se afastou, fiquei um tempo olhando para a casa de Flórido Mendes Menezes, o irmão de Luiziânio e Filadelfo, com quem eu já havia falado alguns meses antes. A casa não tinha mudado nada desde minha última visita. Atrás do muro baixo, um Gol vermelho ocupava a pequena garagem e parte do terraço. Era cedo para acordar Flórido, mas eu precisava falar com ele antes que saísse para o trabalho. Caminhei pela alameda da Saudade até a entrada do cemitério. Um guarda-noturno fumava um cigarro.

"Bom dia", eu disse.

"Pra mim ainda é noite. Quer visitar o cemitério? Só abre às nove."

"Não. Só estou dando uma volta."

"Mora por aqui?", ele perguntou.

Fiz que sim com a cabeça.

"Não vai me dizer que é uma alma penada", ele disse.

"Infelizmente devo admitir que sim."

"Você não é a primeira que eu vejo."

Ele apagou o cigarro e pegou uma cafeteira sobre uma espécie de caixote que lhe servia de mesa. "Aceita?"

"Sim."

Tomamos em silêncio o café açucarado e morno, que o guarda-noturno servira em dois copos de plástico. Depois ele pegou um folheto religioso sobre o caixote e me entregou. "Reze", disse. "E tente se desprender desse mundo de sofrimento e privação."

Não era um mau conselho. Guardei o folheto no bolso e agradeci. Depois caminhei de volta até a casa de Flórido Mendes Menezes.

Às seis e trinta toquei a campainha. Uma senhora de penhoar e rosto amassado da noite de sono demorou um pouco para abrir a porta. "Pois não?"

Presumi que fosse a esposa de Flórido.

"Desculpe o horário, preciso falar com urgência com o sr. Flórido."

"O senhor já esteve aqui outro dia, não?"

"Sim", eu disse, embora não a tivesse conhecido da outra vez.

"Um momento."

Mais alguns minutos se passaram até Flórido aparecer, vestindo um roupão, mas recém-barbeado e exalando um perfume de Aqua Velva.

"Você de novo?", disse, e me convidou a entrar no pequeno terraço. Como da outra vez, não me convidou a entrar na casa.

"Desculpe incomodá-lo novamente, mas preciso localizar o dr. Filadelfo com urgência. O sr. Marlon Brandão, meu cliente, precisa falar com ele sobre um assunto urgente."

"Como é mesmo seu nome?"

"Labelle. Rufino Labelle, advogado. Defendo os interesses do sr. Marlon Brandão aqui em São Paulo."

"Eu já disse que não sei por onde anda o Filadelfo, estamos sem nos falar há algum tempo, ele continua de licença. De qualquer forma, me dê seu cartão e vou tentar encontrá-lo."

"Saí com pressa, esqueci de pegar meus cartões. Mas o senhor pode anotar o número do meu celular", eu disse.

"Da outra vez você falou a mesma coisa. Um momento."
Flórido entrou na casa e voltou em poucos segundos, com uma caneta e um caderninho de notas. Enquanto anotava meu telefone, perguntei: "E o sr. Luiziânio?".
Ele me olhou surpreso. "O que tem o Luiziânio?"
"Ele não pode saber onde está o Fila? O senhor tem o telefone do Luiziânio, ou o endereço?"
"Não. Eu não tenho contato com ele há anos. Nenhum de nós."
"Nós?"
"Os irmãos. Somos cinco. Além de mim e do Fila, a Dakota e a Nebraska também não mantêm mais contato com o Luiziânio desde que ele teve... alguns problemas."
"Compreendo."
Senti que minha menção a Luiziânio deixara Flórido desconfiado. Nós nos despedimos, depois de ele me garantir, polidamente, que entraria em contato se tivesse alguma notícia de Filadelfo, o que eu duvidava que acontecesse antes do dia do Juízo Final.
Caminhei até a rua Manoel da Nóbrega, enquanto o dia nascia em Diadema. Entrei numa padaria e pedi um café expresso duplo e um pão com manteiga na chapa. Enquanto comia, olhei o folheto que o guarda-noturno me recomendara. Joguei-o no lixo antes que começasse a repetir os salmos em voz baixa.
Depois do café, voltei à casa de Flórido. Ele já tinha saído, pois o Gol vermelho não estava mais na garagem. Fiquei um tempo olhando a casa, imaginando se dona Flórida permanecia lá dentro. Minha gazua estava no bolso, mas entrar na casa àquela hora da manhã seria imprudente. Eu tinha mais o que fazer. Caminhei pelas imediações e só encontrei um táxi livre na avenida Ulysses Guimarães, já totalmente congestionada.
"Hospital Sírio-Libanês", por favor, eu disse, mas não saímos do lugar.

18.

"Mariana da Costa?", perguntou a recepcionista do setor de internações do hospital.

"Isso."

"Ela já teve alta. Faz dois dias."

"Certeza?"

"Absoluta."

"Saiu acompanhada do irmão e da cunhada?"

"Não sei. Acho que saiu sozinha."

"Certeza?"

Ela olhou o computador: "É o que consta no boletim. A moça estava sem acompanhantes durante a internação. Não sei se alguém veio apanhá-la depois da alta. Mas acho que saiu sozinha."

"Obrigado", eu disse.

"A moça de chapéu, não?"

"Isso."

"Saiu sozinha, eu vi. Pagou a conta e foi embora. Não tinha ninguém com ela. Acho que pegou um táxi aí na frente."

Agradeci. Saí do hospital e fui até o ponto de táxi, mas nenhum dos motoristas se lembrava de uma garota de chapéu, minissaia e olhos verdes. Se a tivessem visto, iam se lembrar. Peguei um táxi até o Deic, o Departamento Estadual de Investigações Criminais, no Carandiru. Não tinha como me concentrar em Marianne da Ira agora, embora tivesse consciência de que seu sumiço era só mais um dos meus problemas. No Deic, graças a meu sucesso recente como responsável pela prisão do professor Aqueu e da gangue dos motoboys estripadores, consegui acessar alguns arquivos referentes ao processo dos pedófilos. Uma investigadora me reconheceu das notícias nos jornais e teve muita boa vontade comigo. Ofereceu-me até um cafezinho aguado e açucarado. Mas os boletins não esclareceram muita coisa. Durante a investigação do caso dos pedófilos, realmente fora comprovada a culpa de Luiziânio, que participara ativamente da quadrilha, inclusive aliciando crianças para os festins repugnantes promovidos pelo grupo numa chácara em Itapecerica da Serra. Lembrei-me de ter localizado essa chácara durante minhas investigações. Embora eu não tivesse ido até lá na época, descobri que era nessa chácara que os pedófilos realizavam seus encontros com as vítimas. Quanto a Filadelfo, realmente não se conseguiu provar nada, embora as investigações policiais confirmassem que ele frequentava alguns pontos de encontro dos pedófilos, como bares no centro da cidade e a chácara em Itapecerica. Saí do prédio do Deic, na avenida Zaki Narchi, e procurei uma padaria, mas não havia nenhuma por perto. Tive a sensação de que alguém da polícia me seguia, mas devia ser efeito da fome. Embora o horário não fosse ainda propício ao almoço, onze e quinze, já era tarde para o café da manhã. Liguei para Eliane Bomfim, a empresária de Marlon Brandão, e convidei-a para um brunch na Vila Madalena.

"Você está doente?", Eliane perguntou quando cheguei ao bar. Ela já estava sentada numa mesa na calçada da rua Mourato Coelho.

"Pior que isso", eu disse, enquanto me sentava.

"Que cara horrível!"

"Não encontrei uma melhor, Eliane, perdão."

"Não se preocupe. Não estou nenhuma Julia Roberts hoje."

"Você tem seu charme. Estou virado. Desculpe o atraso, peguei um trânsito horrível da zona norte pra cá."

"Zona norte? Tá explicada a cara horrível. Por que essa urgência toda em me encontrar? Se apaixonou pela fancha aqui?"

"Preciso que você encontre meu ponto G", gracejei, para não perder o hábito.

"Um dos problemas dos homens é que vocês não têm ponto G."

"Ninguém é perfeito", eu disse, mas minha cabeça não estava ali. Eu não estava no clima para gracejos e Eliane percebeu isso.

"O que tanto aflige a pessoa?"

"Em primeiro lugar, a fome."

"Bom sinal, quer dizer que a doença não é tão grave. Quem está doente de verdade não sente fome. Não se preocupe, já pedi um breakfast reforçado para dois."

Nesse instante o garçom chegou com uma cesta de pães, manteiga e dois copos de suco de laranja.

"O que pode ser pior que uma doença?", ela perguntou, enquanto eu devorava um pãozinho francês recheado de manteiga e geleia de morango.

"Você tem que me garantir que não vai falar com ninguém sobre o assunto", eu disse, tentando não falar com a boca cheia.

"Eu juro", ela garantiu, cruzando os dedos sobre os lábios.

Encarei-a por alguns segundos. "O Brandãozinho era pedófilo?"

Ela começou a rir. "Não entendi."

Repeti a pergunta.

"Você tá maluco?"

"Estou, mas não por isso. Se concentra, Eliane, estou falando sério. Alguma possibilidade do Brandãozinho ter essa preferência sexual?"

"Preferência sexual?", Eliane parecia indignada com minha suspeita. "Pedofilia é uma monstruosidade, Bellini! Por que você diz isso? Por causa de todas aquelas maluquices do Brandão? Os carrinhos de pipoca em casa, os brinquedos, o jeitinho de criança idiota...?"

"As fotos do Jackson Five", interrompi, "cujo líder era o emérito pedófilo Michael Jackson..."

"Você só pode estar maluco", interrompeu-me de volta Eliane. "Sabe quantas pessoas no mundo têm fotos do Michael Jackson na parede? São todas pedófilas?"

"Não é isso, Eliane, não é uma simples desconfiança", eu disse, e em seguida relatei-lhe a história de Luiziânio e Filadelfo e seu envolvimento com grupos organizados de pedófilos.

"Estou chocada", ela disse, um pouco mais calma depois do meu relato, "mas o Brandãozinho não era pedófilo. Quando ele exerceria a pedofilia? Eu teria notado! Quando não estava em estúdio, ou em turnê, passava o tempo todo em puteiros! Todo mundo sabe disso. Nunca vi o Brandãozinho com uma criança. Tá certo que se ligava em brinquedos e tinha um gosto infantil, além de ser meio retardado, mas ele não gostava especialmente de crianças. Nunca percebi que se animasse com a presença de sobrinhos ou filhos de músicos que às vezes apareciam no estúdio ou no camarim."

Os argumentos de Eliane eram incontestáveis. Ninguém nunca citara nada que indicasse uma tendência pedófila de Brandãozinho, nem a polícia descobrira nada de suspeito na perícia de seus computadores. Pedófilos costumam se comunicar pela rede, além de usá-la para aliciar crianças e adolescentes.

"Bellini!", ela disse, e percebi que eu tinha cochilado.

"Estava raciocinando de olhos fechados."

"Você precisa descansar."

"Tem razão", concordei. "Me promete que não vai comentar nada desse nosso papo com o Marlon?"

"Claro que não! Ele me demitiria só de eu ter pensado nisso."

"É sério. Não quero preocupar o cara à toa."

Reparei que Eliane mal tinha tocado na comida.

"Não vai comer?", perguntei.

"Perdi a fome."

19.

Não lembro o que fiz no resto do dia.

Uma sensação de urgência, como se meu fuzilamento estivesse marcado para a manhã seguinte, fazia tudo parecer irreal e sem sentido. Caminhei a esmo pelo bairro de Pinheiros, depois peguei a Rebouças e andei pela Paulista até meu prédio. Mas, quando cheguei na portaria, desisti de subir até o apartamento. Ocupei uma mesa no Luar de Agosto e tomei alguns cafés. Júnior não estava lá. Entre um café e outro, liguei algumas vezes para Gisele, com quem consegui falar, sempre sem muito o que dizer. Tentei inutilmente o celular de Marianne, que parecia ter desaparecido. Depois de algum tempo, liguei para o Costa's Plaza Hotel atrás de informações sobre a filha do dono, mas desliguei assim que a telefonista pronunciou: "Costa's Plaza, boa tarde. Em que vou poder estar servindo?".

Decidi voltar à casa de Flórido Menezes, em Diadema. Chegando lá, não toquei a campainha. Eu não saberia o que perguntar a Flórido Menezes. Permaneci numa esquina, fingindo falar ao celular, enquanto observava a casa de longe. Nada aconteceu no período que fiquei por ali. Ninguém entrou ou saiu da casa, e a garagem permaneceu vazia. Caminhei até o cemitério, mas o guarda-noturno não estava lá, obviamente, já que ainda era dia. Perguntei-me se não seria ele a assombração, e não eu.

Questão complexa. Antes do fim da tarde, voltei de táxi para meu apartamento e cochilei durante o trajeto. Em casa, deitei na cama de roupa e nem tirei o sapato.

Acordei por volta de dez da noite, assombrado pela visão de Riboquinha, a simpática irmã de criação de Marlon Brandão. Comecei a suar frio e, de repente, compreendi tudo.

Fui até a janela, sentindo o coração disparar. Fiquei com medo que ele me escapasse pela boca e caísse lá embaixo, na calçada da Peixoto Gomide. Por precaução, tapei a boca. Lembrei-me nitidamente dos acontecimentos no dia em que fui visitar, acompanhado de dona Sula e Riboca, o apartamento de Brandãozinho em Goiânia, depois de termos almoçado juntos na casa de dona Sula. Enquanto caminhávamos até o apartamento de Brandãozinho, notei que Riboca estava maquiada, e aquilo me intrigou. Algum tempo depois, já no apartamento de Brandãozinho, no momento em que eu deixara dona Sula a sós rezando no quarto do filho morto, caminhei pelo corredor sentindo uma angústia terrível. Na sala, Riboca brincava com animaizinhos de pelúcia que se espalhavam sobre uma espécie de colchão cor de abóbora.

"Era aqui que eu sempre brincava com o Brandãozinho", ela disse, sem tirar os olhos de um bichinho que acariciava. "Quer brincar comigo?"

"Obrigado, Riboca. Eu já esqueci de como era brincar", eu disse, zonzo. Eu não percebera nada naquele momento, pois sentia vertigens e caminhava até o terraço em busca de ar, deprimido com o ambiente e a tristeza de dona Sula. Agora eu compreendia o que Riboca quisera dizer com aquele "Quer brincar comigo?".

Seria possível?

Relutei em aceitar o que os fatos evidenciavam e senti alguma coisa revirando no meu estômago.

20.

À meia-noite em ponto cheguei à Chácara Bom Pastor, num ponto afastado e solitário da estrada Copacabana, em Itapecerica da Serra. O motorista do táxi, Calegari, um argentino que me ajuda de vez em quando em operações delicadas, demorou um pouco para encontrar o endereço, pois não havia sinalização de espécie alguma nos arredores. Por sorte, ou por competência profissional, vá lá, eu encontrara numa gaveta a antiga agenda em que anotara o endereço da chácara em que se reuniam os pedófilos sofisticados, os confrades do terror, mais de sete anos antes. A chácara era circundada por muro alto e portão de madeira fechado, iluminado apenas pela luz fraca do poste da rua. Numa placa sobre o portão lia-se Chácara Bom Pastor. Não havia campainha ou sino, e não era possível saber dali se a chácara estava iluminada por dentro. Tampouco se encontravam evidências de que era habitada. As informações recolhidas nos arquivos da polícia não forneciam maiores detalhes, além de que era usada para reuniões do grupo tempos atrás. Não percebi nenhum movimento no lugar, em que se podia ouvir latidos e uivos distantes de cães das chácaras e sítios vizinhos.

"Precisava ter vindo com a camisa do Boca?", perguntei.
"Qual o problema?"
"Azar."

"Azar é a puta madre. Se botasse uma camisa do Santos é que ia dar azar."

"Você me espera aqui?", eu disse.

"Não vá demorar muito. O lugar é estranho", disse Calegari, olhando para os lados.

"Tá com medo, cagão?"

"Se foder", disse, caprichando na pronúncia portenha.

"Quinze minutos, no máximo", garanti.

"E se você não aparecer em quinze minutos?"

"Me liga", eu disse, mostrando o celular.

"Me dá teu número." Calegari anotou o número em seu celular. "Está armado?"

Respondi com um gesto, abrindo a jaqueta para que ele visse o coldre com a Beretta. Calegari sorriu. "Eu também", ele disse, depois pegou um Taurus trinta e oito no porta-luvas e o deixou no colo, por precaução.

"Tá parecendo um corintiano com esse berro no colo. Cuidado com isso", alertei.

"Corintiano é o caralho. Quinze minutos", ele disse, disparando o cronômetro de seu relógio de pulso.

Saltei o portão e esperei por latidos, mas aparentemente não havia cães por ali, o que era estranho. Uma chácara sem cães só pode ser uma chácara desabitada. Postes de luz da rua mal iluminavam o lugar. Caminhei por um gramado malcuidado, com flores murchas e algumas árvores que já haviam se esquecido do que era uma poda. O chão estava coberto de folhas secas e frutas podres, e tudo indicava que ninguém passava por ali havia um bom tempo. Reparei num lúgubre playground abandonado e senti um arrepio na espinha. A uns duzentos metros do gramado, num pequeno aclive, despontava uma casa de dois andares, em estilo normando. A casa estava inteiramente apagada. Peguei a gazua e a lanterna, mas, para minha surpresa, a porta da sala não estava trancada. Simplesmente girei a maçaneta e ela abriu. Um bafo de mofo e umidade me atingiu. Acendi a lanterna e entrei. A casa estava obviamente desabitada havia anos. Alguns móveis quebrados se espalhavam pela sala, em que se notavam janelas fechadas e uma lareira havia muito desativada, coberta de teias de aranha. Liguei um interruptor de luz, mas não havia vestígio de energia elétrica por ali. Na cozinha, um fogão velho e abandonado. Numa dispensa, estranhei a presença de latas de leite moça, pacotes de macarrão e bolachas. Aqueles víveres eram recentes, comprovei pelos prazos de validade nos pacotes e latas. Não combinavam com o aspecto desolado do resto da casa. O que me fez lembrar que ainda havia um segundo andar a ser investigado. Voltei à sala e subi as escadas. No andar de cima havia um corredor com portas que davam para outros três quartos e um banheiro. Os dois primeiros quartos estavam com as portas escancaradas, vazios e abandonados. O banheiro, estranhamente, parecia ter sido usado havia pouco tempo. Sabonetes em bom estado, tubos fechados de pasta de dente, xampus e caixinhas de fio dental se distribuíam dentro de um armariozinho velho sobre a pia. Liguei a torneira e a água correu límpida e gelada. O terceiro quarto, ou o que supus ser um terceiro quarto, estava com a porta fechada. Girei a maçaneta com cautela e... o quarto fora obviamente usado havia pouquíssimo tempo. Dias, no máximo. Uma cama feita, com lençóis, travesseiros e cobertor de lã. Criado-mudo com um rádio relógio e um abajur, todos carregados com pilhas ou baterias, funcionando. Nos armários e gavetas, algumas roupas masculinas, como calças, camisas e jaquetas. Encostada à parede, sob a janela fechada, havia uma escrivaninha. Para minha surpresa, suas gavetas estavam todas vazias. Ou quase todas. Uma delas estava trancada. Lembrei-me da gaveta trancada na escrivaninha de Filadelfo em seu quarto em Goiânia. Dessa vez a gazua conseguiu abrir a fechadura da gaveta. Lá dentro, apenas uma folha de papel. De certa forma, eu já esperava por isso. Um bilhete escrito à mão:

Bellini!
Sabia que você ia aparecer. Um pouco atrasado, como sempre.

É seu estilo, não? Bem-vindo. Fique à vontade. Mas não perca seu tempo. O que você procura também NÃO está aqui.
Abraço carinhoso,
Filadelfo Mendes Menezes

E então o celular tocou, e o susto levou meus batimentos cardíacos a uma trepidação contínua, como se eu carregasse uma britadeira no peito. Calegari filho da puta, pensei.

"Alô?"

"Bellini?"

Senti as pernas bambearem. Não era o Calegari.

"Quem é?"

"Como assim? Não reconhece minha voz?"

Não consegui dizer nada.

"Quando você chegou em Goiânia eu devia ter avisado que também era conhecido por Delfo. Desculpe a grosseria. Estávamos tão nervosos naqueles dias..."

Olhei para os lados, desconfiado de que houvesse uma câmera escondida em algum lugar.

"O que você quer?"

"Eu? Nada. Mas tem alguém aqui que quer falar com você."

"Bellini?", disse a vozinha trêmula. "Ele vai me matar se você não vier até aqui...", completou Marianne da Ira, e começou a chorar.

O labirinto

1.

Quando se está de olhos tapados, o vento pode se tornar um monstro terrivelmente ameaçador. Agora eu entendia por que dom Quixote travava lutas contra moinhos de vento: o velho fidalgo, além de abilolado, era míope.

"Em frente", ordenou o fantasma que me conduzia.

Eu caminhava com dificuldade. Se andar no mato já é difícil em condições normais, que dirá para um homem privado da visão?

"Em frente, em frente!", repetiu o fantasma impaciente. A me convencer de que devia obedecê-lo, o toque agudo do cano de um revólver me cutucando as costas. Continuei caminhando na direção do que me parecia ser a "frente" — um conceito relativamente abstrato para alguém que não pode enxergar —, tropeçando eventualmente em formigueiros, arbustos, saliências e reentrâncias da superfície irregular. O vento rugia cada vez mais forte e me lembrei do som da turbina de um avião. Quando criança, meus pais me levavam ao aeroporto de Congonhas para ver aviões aterrissar e decolar. As decolagens eram sempre mais emocionantes, pois assim que os aviões desgrudavam do solo eu imaginava que eles cairiam ou explodiriam em chamas, o que nunca acontecia. Quando aterrissavam, eu não esperava que nada de excepcional ocorresse além dos previsíveis e enfadonhos taxiamento e estacionamento. Tropecei em alguma coisa dura como uma barra de ferro. Como estávamos num pasto, deduzi que se tratava possivelmente de um tronco de árvore, já que um tubo de ferro fundido de um antigo canhão de corsários dificilmente seria encontrado no interior de Goiás.

Caí de joelhos.

"Levanta, levanta!", ordenou o fantasma.

Cair de joelhos com os olhos vendados é uma experiência interessante. Para quem não enxerga, o buraco é sempre mais embaixo. Lembrei-me de *O túnel do tempo*, um seriado de TV que eu adorava na infância. Num episódio, depois de despencar pelo túnel que conduzia a outras dimensões temporais, o cientista Tony Newman encontra-se consigo mesmo criança, em Pearl Harbor, durante o ataque japonês à base militar americana numa ilha do Havaí em 1941. Nem mesmo um conto de Jorge Luis Borges teria me tocado tão profundamente.

"Levanta!", repetiu o fantasma, e me deu uma coronhada na testa, como prova de que suas ordens deviam ser obedecidas sem hesitações ou concessões a divagações existenciais ou estéticas.

Levantei-me.

"Filho da puta", eu disse.

E levei um chute no saco. Caí pela segunda vez.

Um chute no saco é das piores sensações que um homem pode experimentar. O fato de estar com os olhos tapados fazia com que a dor fosse fruída de forma ainda mais intensa e detalhada. Um belo pontapé nos bagos — só quem já tomou sabe — provoca uma dor aguda que se irradia dos testículos — que parecem triturados — para o estômago e a base da espinha causando náusea e tontura. Em seguida a dor atinge os pulmões, provocando falta de ar e a sensação de morte iminente.

"O filho da puta aqui é você", disse o fantasma.

Prostrado numa espécie de agonia causada pela dor intensa, tive a sensação de que meus pensamentos se separavam do meu corpo. Estaria eu experimentando algum transe místico? Ou aquilo era o que se sente quando se morre?

Aquela era a minha via-crúcis?

"Levanta!"

Em seu trajeto do pretório ao calvário, carregando a cruz em que seria sacrificado, Jesus Cristo caiu três vezes. Pelas minhas contas aquela ainda era minha segunda queda, o que me dava direito a mais uma antes da crucificação. Cedo para morrer, Remo Bellini.

Levantei-me.

"Em frente, em frente!", repetiu o fantasma, e, pelo ruído do fósforo comburindo — depois de algumas tentativas frustradas pelo vento — e pelo cheiro inconfundível da fumaça, percebi que acendeu um cigarro. Segui andando, desequilibrado, determinado a caminhar em frente, embora meu senso de direção estivesse seriamente avariado. A cada minuto, "em frente" tornava-se um conceito mais subjetivo. O toque frio do cano do revólver, porém, me aconselhava a não desistir da empreitada. Suor e sangue escorriam pelo meu rosto, como pude constatar pelo sabor agridoce do líquido que me umedecia os lábios. Moscas zumbiam ao meu redor. Rajadas de vento soavam prenunciando uma tempestade. Ou um apocalipse. Privado da visão, tive a impressão de que meus outros sentidos estavam mais aguçados e uma dor difusa se espalhava pelo meu corpo como corrente elétrica. Winston Churchill, no mais famoso de seus discursos, prometera sangue, suor e lágrimas para tentar conduzir a participação inglesa na guerra a um final vitorioso. Sangue e suor já me escorriam pelo rosto. As lágrimas ainda não.

2.

Ultimamente eu não me pautava mais pelo horóscopo. Pergunto-me agora se não deveria ter lido o que me recomendavam os astrólogos no dia seguinte à minha visita à chácara dos pedófilos em Itapecerica da Serra, antes de ter me decidido a aceitar as estranhas condições impostas por Filadelfo Menezes para que Marianne da Ira não fosse assassinada. O que teria me sugerido a maquinaria celeste naquela manhã fatídica? Algo como: *Inicie um novo empreendimento. Mesmo que pequeno, um novo empreendimento trará alegria.* A julgar pelo andar da carruagem – ou por meu caminhar vacilante movido a cutucadas de cano de revólver –, o único empreendimento possível no momento era minha própria morte.

Se isso me traria alegria, eram outros quinhentos.

As condições impostas por Filadelfo Menezes para não dar cabo da vida de Marianne no exato momento em que falava comigo, no quarto vazio daquela mansão aterrorizante, eram no mínimo esquisitas. Mas só havia uma maneira de saber se ele blefava ou não: obedecê-lo.

O que me parecia certo, desde que me decidira por aceitar aquele estranho jogo, era que minha vida estava em perigo.

Naquela noite saí da Chácara Bom Pastor logo depois que Filadelfo desligou o telefone. Disfarçando minha inquietação, pedi que Calegari me conduzisse de volta para casa, justificando que o lugar estava abandonado e que eu não conseguira descobrir o que procurava. No dia seguinte de manhã, depois de uma noite não dormida, peguei um voo para Goiânia.

Goiânia.

Quem diria que eu voltaria um dia a Goiânia?

Ninguém.

O pronome indefinido, aliás, totalizava o número de pessoas cientes da minha nova empreitada: não avisei ninguém dos meus planos. Não avisei não só porque aquela era uma das exigências de Filadelfo. Não avisei porque ninguém me permitiria partir para uma ação tão previsivelmente arriscada.

Ao chegar ao aeroporto de Goiânia, sempre seguindo as instruções de Filadelfo, aluguei um carro e me desloquei ao norte até o quilômetro trinta e sete da BR-004. Logo depois da entrada de Brazabrantes peguei uma via secundária e rodei mais quinze quilômetros até um descampado. Estacionei o Gol ao lado de um carvalho e guardei no porta-luvas, como exigira Filadelfo, relógio, celular desligado, Beretta descarregada e carteira com dinheiro e documentos. Escondi a chave sob uma pedra próxima da base do tronco da árvore e caminhei cem metros pelo gramado. Parei e vendei meus próprios olhos, à espera do — segundo as palavras de Filadelfo — fantasma. "Um fantasma vai te recepcionar e te trazer até onde estou com a Marianne", dissera ele ao telefone no dia anterior, enigmático. "Caso você não aceite minhas condições, ela morre."

Um dilema e tanto, sem dúvida. Custou-me a noite de sono e, quem sabe, não me custaria também a vida? Mas, se eu não pagasse para ver, como reagiria se Marianne fosse de fato assassinada? Com certeza não poderia mais me encarar no espelho pelo tempo em que vivesse.

Fiquei imóvel com os olhos vendados por quinze ou vinte minutos que me pareceram milênios. Percebi que alguém se aproximava.

"Oi?", eu disse.

Como não obtive resposta, insisti: "É o fantasma que vai me recepcionar?".

Senti uma pancada na nuca e apaguei.

Permaneci algum tempo desacordado. Meia hora, provavelmente não mais que isso, mas não sei se fui transportado para algum lugar ou se continuei no mesmo ponto em que fui atingido. Despertei com o cutucão do revólver nas costas e a ordem do fantasma. "Levanta, vamos andar."

E assim começou meu calvário.

Pouco antes, enquanto dirigia na estrada, eu reparara que aquela era uma região canavieira, com imensas plantações que se estendiam ao longo da rodovia, dos dois lados. Agora eu caminhava por um terreno irregular, e o ruído do vento fazia supor que houvesse plantações por perto, provavelmente de cana, pois eu conseguia discernir o assobio do vento entre folhagens. Mas ainda caminhava em campo aberto, pois não sentia o contato de folhas e vegetação no corpo, e caminhava com relativa facilidade pelo que me parecia um capinzal não muito volumoso, embora irregular.

Andamos por muito tempo. Às vezes eu caía, ou tropeçava. Ventava cada vez mais forte e uma umidade excessiva do ar me fazia crer que uma chuva se aproximava.

"Parou", disse o fantasma, segurando-me pelo ombro, sem descuidar da arma grudada em minhas costas. "Parou", ele repetiu, como se eu fosse um cavalo, ou um boi.

Eu estava ofegante. Ele pegou um rádio, supus, e se comunicou com alguém.

"Na borda", ele disse. "Entrando na área. Eu e a presa. Câmbio, desligo."

Que eu lembrasse, ainda não tinham me chamado de presa. Nunca é tarde. Uma chuva fina começou a cair, e logo os pingos aumentaram de frequência e de tamanho.

"Vamos!", ele disse, cutucando-me as costas. "Em frente."

Adentramos o canavial enquanto despencava a tempestade.

3.

Caminhamos sob chuva forte. Nós nos deslocávamos devagar, encharcados, desviando dos pés de cana e afundando os sapatos no barro enquanto o fantasma me conduzia como se eu fosse cego. De vez em quando ele se comunicava pelo rádio, mas pronunciava palavras que eu não compreendia, grunhidos monossilábicos. Presumi que fosse a língua dos fantasmas, ou o código secreto dos pedófilos vingadores. Desejei ter uma bengala comigo, mas não manifestei verbalmente esse desejo. O fantasma não estava para brincadeiras, já tinha deixado isso bem claro. Eu não suportaria levar mais uma coronhada na testa. Nem um chute no saco. Há um momento em que simplesmente se entregam os pontos, diria Muhammad Ali. Segui em frente. Algum tempo depois a chuva já amainara e apenas uma garoa fina caía quando o fantasma disse: "Parou, parou".

Parei, cansado como um velho pangaré.

"Posso dar um gole d'água?"

"Claro", concordou uma voz descansada e cínica que não era do fantasma, mas de alguém um pouco mais distante de mim. Eu conhecia aquela voz.

"Tudo bem? Desculpe o mau jeito."

Ele me colocou nas mãos o que imaginei ser uma garrafa plástica de água, já destampada.

"Pode beber."

Bebi todo o conteúdo da garrafa.

"Meu irmão te tratou bem?"

Preferi não responder.

"O fantasma te tratou bem, Bellini?", ele insistiu. "Ou você não sabe que transformou meu irmão num fantasma?"

O cansaço, a roupa molhada e certa desesperança estavam minando minhas forças. Preferi não responder às perguntas cínicas nem ceder às provocações. O sangue que me escorria da testa já era resposta suficiente.

"Cadê a Marianne?", perguntei.

"Calma."

"Qual é o jogo, Filadelfo? Estou aqui. O que você quer de mim?"

"Senta", ele disse.

Sentei-me no barro com a ajuda do fantasma, que logo em seguida voltou a pressionar minhas costas com o cano do revólver. A escuridão que me envolvia começava a me deixar meio paranoico. Temi continuar não enxergando mesmo depois que me tirassem a venda. Se é que me tirariam a venda dos olhos. Senti um pouco de frio e me lembrei de um quadro de Goya que mostra um fuzilamento noturno à luz de uma lamparina. Não consegui me recordar se no quadro os fuzilados têm os olhos vendados. Morreria eu sem ver pela última vez a luz de uma lamparina de Goya? Que hora para pensar em Goya.

"O que você quer?", insisti.

"Engraçado", ele disse. "Quero me confessar."

"E, em vez de se confessar para um padre, ou para a polícia, resolveu se confessar pra mim?"

"Louco, não? Logo pra você, o homem que destruiu minha família."

"E as famílias daquelas crianças que vocês violentaram? Como se chama o que vocês fizeram com aquelas famílias?"

Tomei um tapa na cara.

"E as crianças? Como chama o que vocês fizeram com elas?", prossegui.

Tomei outro.

"Quieto! Aqui você escuta. Quem fala sou eu. Isso aqui não é um julgamento."

"Cadê a Marianne?", eu disse.

"Calma."

"Você me garantiu que não a mataria."

"Sou um homem de palavra, Bellini."

"Cadê ela?"

"A palavra?"

Ouvi uma risada atrás de mim. Pelo timbre rouco, uma risada típica de um fantasma. Fumante.

"Relax. Você vai ter tempo pra curtir tua namoradinha goianiense. Tempo e espaço."

"O que você quer de mim, Filadelfo?"

"Que você me escute, Bellini. Calado. O tempo é curto. Eu e o Luiziânio temos de vazar antes que anoiteça. A orientação é complicada no meio do canavial à noite, como você pode imaginar. Fique quieto e escute."

Calei-me. Para mim, já era noite havia muito tempo. A questão era saber se ela teria fim.

4.

"Isso não é um julgamento, mas me sinto na obrigação moral de explicar certas coisas. Sei que você vai estranhar essa 'obrigação moral', mas a vida é tão surpreendente, não? De alguma forma é como se você representasse o homem comum e, me explicando pra você, estou me explicando para a humanidade inteira. Que honra, hein, representando a humanidade? Tome isso como uma deferência e também como uma despedida, já que será a última vez em que nos encontraremos. Pena que você não possa me ver. Se me visse, perceberia que estou bem, um pouco mais magro do que naqueles dias aqui, quando o Brandãozinho morreu. Mais em forma. Mais focado. Determinado. Um homem com uma meta. O que é um homem sem uma meta? Um animal. Calma, você vai entender tudo. Só não me interrompa, por favor. Em primeiro lugar, preciso dizer que não sou pedófilo, nem eu nem meu irmão aqui, cuja vida você praticamente destruiu. Pedofilia é mais um desses conceitos criados pelo arbítrio humano, que se arroga compreender a vida, classificando e dividindo tudo em regras que nem sempre fazem sentido. Uma menina de quinze anos pode ser muito mais lasciva e experiente em sexo do que uma mulher madura. Pense no número de adolescentes que engravidam hoje em dia no Brasil. São todas umas inocentes que foram engravidadas à força? Ou são mulheres conscientes que sabem muito bem o que estão fazendo quando seduzem um homem? As convenções são arbitrárias. Quem determinou que só a partir dos dezoito anos um humano pode se responsabilizar por seus atos? Não se debata, fique calmo. Você é um homem culto, Bellini. Um amante de blues e de mulheres problemáticas. Até aleijadas entram no rol de suas conquistas, eu sei. Não julgo. Quer foder a cadeirante? Fique à vontade. Cada um deve fazer o que tem vontade. Quantas vezes *você* mesmo não sentiu um desejo reprimido por uma garota menor de idade ou observou com tesão as formas de uma pré-adolescente passando ali pela avenida Paulista? E que vontade você teve de convidar a ninfetinha lasciva pra subir até aquela tua quitinete nojenta, hein? Não, não responda. Fique quieto, isso não é um julgamento. É uma confissão. Por que tanta hipocrisia? Não, não tente me responder. Conheço seu discurso. O bundão politicamente correto. Você é um advogado, Bellini. Formado em direito, conhecedor da natureza humana. Quantas vezes um advogado não cita uma frase de Sócrates, o grande filósofo grego, para impressionar um juiz, um delegado ou um cliente? E quantos efebos, menininhos de doze, treze anos, não foram gloriosamente enrabados pelo filósofo em sua busca pela essência da beleza? E você ainda vem me falar em pedofilia? O que era a beleza para Sócrates na Grécia antiga? Uma bunda lisa de um menino de quinze anos? É a mesma beleza dos padres católicos atuais, não? Como se meu irmão fosse um homem doente e perverso. Como se eu fosse um pária e não um admirador sofisticado da vida em todo o seu esplendor. Sócrates era pedófilo, por acaso?"

"Você enlouqueceu?", perguntei, mas tomei um chute de chapa no estômago que teria me botado a nocaute caso Luiziânio não estivesse me escorando as costas com o cano do revólver. Vi estrelas no fundo da escuridão a que estava confinado.

"Calado! Não julgue! Ouça apenas. Isso é uma confissão, já disse. Padres não dialogam com quem confessa, dialogam?

Nem mesmo os pedófilos. Esqueça a dialética. Estamos antes dela. Estamos nos instintos humanos, compreende?"

Fez-se silêncio por alguns momentos. Aos poucos minha respiração foi voltando ao normal. Pensei ter ouvido um suspiro, como se alguém ressonasse por ali.

"Pedofilia", prosseguiu Filadelfo. "Que nome horrível, sem um pingo de poesia ou transcendência. Pedofilia. Luiziânio nunca foi um pedófilo. Ele gostava de amar os corpos jovens, e daí? Sócrates também gostava. E os padres bonzinhos da Igreja católica. Horrorizado, Bellini? Fala sério! O que você, a imprensa, a polícia e os borra-botas dos papais e mamães preocupados chamaram de 'quadrilha de pedófilos' não passava de uma confraria refinada de homens diferenciados e de bom gosto. Estetas. Não era à toa que líamos em grupo, acompanhados de uísques e charutos, os textos do professor Aqueu, que agora você conhece muito bem e que se tornou uma espécie de mentor para nós, com sua ideias lúcidas e esclarecedoras sobre as práticas de amor aos corpos jovens, e de como essas práticas podem ser libertárias politicamente. Pena que não chegamos a conhecer o Aqueu pessoalmente, já que o homem era um fugitivo. Por que não ouvimos mais pessoas como ele? Um profeta, pode anotar. O professor Aqueu propõe uma revolução total, que já se iniciou no âmago da nossa civilização. Basta ter sensibilidade para perceber. E você, que ajudou a polícia a prender o Aqueu, só contribuiu para fazer dele um mártir diferenciado. Você tem sensibilidade, e, mesmo que não admita, acabou dando uma força para a causa, mesmo que por linhas tortas. Você percebeu, Bellini! Os profetas cristãos da Antiguidade também foram jogados aos leões, não? Não se sinta culpado. Compreenda a grande hipocrisia do nosso tempo. Gay pode, mas pedófilo não? Ainda riremos de tudo isso. Certeza. Já houve época em que ser veado era um crime, um escândalo, uma escabrosidade. E aqueles adolescentes, que não eram crianças, como maldosamente anunciou a imprensa, mas adolescentes conscientes e sexualmente experientes, aqueles adolescentes sabiam direitinho do que se tratava. Ninguém foi enganado, Bellini! Nós não *aliciávamos* as crianças, como foi noticiado, simplesmente convidávamos os jovens para nossas celebrações desprovidas de hipocrisia e convenções sociais ou morais. E eles iam até lá por vontade própria. Isso aqui é ou não é uma democracia, afinal de contas? É necessário que você entenda que eu não participava ativamente das celebrações. Sempre fui um observador atento, um voyeur sofisticado. Ajudava aqueles homens a organizar as celebrações e sempre compreendi os desejos do meu irmão não como uma fraqueza ou uma doença, mas como uma opção diferenciada. Como Sócrates. E eu gostava de assistir, confesso. É excitante. Até que você apareceu, contratado pelos pais zelosos e preocupados. Hipócritas. Você também acharia excitante, Bellini. Uma menina de treze anos desvirginada por um marmanjo de quarenta? Não é excitante? Confessa. Ver a garotinha ir cedendo aos poucos, no começo temerosa, se animando devagar até ficar molhadinha? Louca de tesão? Bundão! E assim nossa confraria foi extinta, meu irmão preso e eu desmoralizado. Foi um baque. E o ódio que comecei a cultivar por você foi imenso, imenso. Infinito. Passaram muitos anos. Eu e meu irmão tivemos de reconstruir nossas vidas, mas o estigma da pedofilia é terrível, você sabe. Meu irmão virou um fantasma. Por sorte não foi morto na prisão, onde bandidos odiosos se transformam em justiceiros moralistas e executam sumariamente os acusados de pedofilia. Ainda mais um ex-policial, como era o caso do Luiziânio. Bando de ignorantes. Este homem aqui sofreu, Bellini. Sofreu muito. Por *tua* causa. O Luiziânio está vivo por um milagre. Eu tive um pouco mais de sorte. Mudei de nome, mudei de cidade, mudei de vida. Mas não deixei, nesses anos todos, nem por um minuto, de cultivar meu ódio por você. Foi o que me motivou a continuar vivendo. O projeto da minha vida se resumiu a me vingar de você, Bellini. E demorou. Mas consegui."

Filadelfo fez uma pausa: "Tua hora chegou, filho da puta".
Silêncio.

"Você tem um cigarro?", eu disse.

"Um cigarro? Isso é hora de pedir cigarro? Você não fuma."

"Não se nega o último pedido de um condenado à morte."

"Cigarro é o caralho", ouvi Luiziânio bufar atrás de mim.

"Dá um cigarro pra ele", concordou Filadelfo. "O homem quer saborear um pouco mais o próprio fim. É um esteta também. Deixa ele curtir."

Senti que o cano do revólver foi retirado momentaneamente das minhas costas. Luiziânio devia estar providenciando meu cigarro. Enquanto eu tentava, como um morcego no fundo da escuridão, visualizar mentalmente as duas figuras em meu entorno, ouvi um ruído metálico que não consegui discernir de onde provinha. Não me restava muito tempo. Alguém, provavelmente Luiziânio, colocou um cigarro na minha boca e, pelo que ouvi, tentou acender um fósforo.

"Fósforo molhado!", disse.

"Foda-se então", sentenciou Filadelfo.

"Vocês vão me fuzilar?", perguntei, sem deixar que o cigarro escapasse da minha boca. Foi quando senti que os homens imobilizavam meu braço esquerdo enquanto uma agulha era introduzida numa das minhas veias.

"Peraí! Conheço uma técnica de acender cigarro sem precisar de fósforo", eu disse. Senti que os dois hesitaram por um instante. Não havia mais tempo a perder: lancei-me para a frente desferindo aleatoriamente socos e cotoveladas à minha frente, onde supus que os homens estivessem. Tudo aconteceu muito rápido. Desloquei como pude a venda dos olhos e corri na direção do emaranhado de cana. Fiquei zonzo e fui ofuscado pela claridade repentina, mas segui em frente. Filadelfo conseguiu agarrar minha perna e me derrubou. Arranquei a seringa que permanecia pendurada no meu braço e numa sequência de movimentos curtos e rápidos, como se brandisse um punhal, consegui enfiar a agulha num de seus olhos. Ele começou a gritar e me soltou, levando as mãos ao rosto. Segui me arrastando pelo chão e vi de relance o que parecia ser um saco sujo de barro. Estranhei aquilo ali, mas não havia tempo para contemplações. Embrenhei-me no mato, ouvindo os tiros que Luiziânio disparava em minha direção. Já na plantação, enlameado, protegido pelos pés de cana, comecei a correr, mas senti alguma coisa queimando na musculatura posterior da coxa. Um tiro me atingira.

5.

    Dédalo, o genial arquiteto de Atenas, aceita um dia que Talos, seu sobrinho, lhe sirva de ajudante. Mas Talos é um rapaz brilhante, e Dédalo, um homem muito invejoso. Logo que chega ao estúdio de Dédalo, Talos cria um torno para cerâmica que possibilita a fabricação em série dos mais belos vasos, pratos, tigelas e jarras de Atenas. Como se não bastasse, seu gênio criativo idealiza também a primeira serra metálica de que se tem notícia. Dédalo não se contém e, durante um passeio pela Acrópole, num acesso de raiva, empurra o sobrinho colina abaixo, matando-o. Julgado pelo areópago, é condenado ao exílio. Dédalo vai então para Creta e devido ao seu grande talento logo é contratado pelo rei Minos, um homem comum, que se tornou rei depois de provar aos cidadãos cretenses que era protegido dos deuses. Como conseguira provar isso ao povo? Invocara o deus Poseidon, pedindo que fizesse surgir das águas um touro. Poseidon, como todos os deuses, era muito afeito a sacrifícios e concordou em fazer submergir do mar um touro, contanto que Minos o sacrificasse depois. Mas Minos se afeiçoou ao touro, que era muito bonito, e desistiu de sacrificá-lo, traindo Poseidon e proporcionando ao animal uma vida tranquila num pasto. O problema de Minos era que os deuses, como os humanos, não gostam de ser enganados. Para puni-lo, Poseidon faz com que a rainha de Creta, Pasífae, a mulher de Minos, se apaixone pelo touro. A rainha, transtornada de amor pelo animal, pede a Dédalo que a ajude a consumar aquela inusitada paixão. Dédalo, muito hábil com a madeira e as ferramentas, fabrica uma vaca de madeira sobre rodas, oca por dentro, e a reveste com o couro de uma vaca verdadeira a quem matara e esfolara pessoalmente. Pasífae se acomoda dentro da falsa vaca e é levada até o pasto, onde o touro acasala com a rainha, pensando estar fecundando uma vaca comum. Meses depois Pasífae dá à luz Astérios, chamado de Minotauro, pois tem rosto de touro e corpo de homem. O rei Minos consulta o oráculo para saber como agir frente àquela estranha situação. Seguindo as instruções divinas, Minos ordena que Dédalo construa um labirinto em que possa trancar o Minotauro. Dédalo, como se sabe, era um gênio. Ele constrói um labirinto de tal forma tortuoso que quem nele adentra jamais encontra a saída. Mas Dédalo também é muito orgulhoso. E é claro que ele próprio jamais se perderia no labirinto que construiu. Para isso, tem um truque simples para encontrar a saída, que ensina a Ariadne, filha de Minos. É por esse motivo que Teseu, filho de Egeu, o rei de Atenas, consegue escapar do labirinto depois de matar o Minotauro. Ariadne, que se apaixonara por Teseu à primeira vista, sabendo que seu amado adentraria o labirinto para matar o Minotauro, lhe ensina o truque de Dédalo. Ela entrega a Teseu o novelo de linha que recebera do arquiteto e recomenda ao amado que, depois de entrar no labirinto, amarre uma ponta do novelo na fechadura da porta e avance, desenrolando-o até chegar ao fundo, onde o Minotauro dorme. Um novelo de lã guarda o segredo do labirinto.

 Acordei de repente e senti gosto de barro na boca. Por um instante achei que tinha ficado cego. Estaria eu delirando? Era uma possibilidade. A boa notícia é que não estava cego. Nem morto. A má notícia é que não estava em Creta e não havia nenhum fio de lã à vista. Meus olhos se acostumaram ao escuro: já era noite e não havia estrelas no céu encoberto. Mas apesar da escuridão dava para perceber que eu estava cercado de cana por todos os lados. O silêncio era quebrado de vez em quando pelo ruído agudo de mosquitos que insistiam em inspecionar minhas orelhas. Depois de correr e caminhar por horas, eu simplesmente apagara. Não sei por quanto tempo dormi deitado na lama. Agora, embora não conseguisse visualizar o ferimento causado pelo tiro, senti que o sangue escorria em boa quantidade. Uma dor difusa irradiava pela perna. Rasguei com os dentes um pedaço da manga da camisa e amarrei-o com força na coxa, numa tentativa de estancar a hemorragia. Levantei-me com esforço e voltei a caminhar, buscando manter um sentido na escuridão. Pensar em algum sentido naquela situação chegava a ser ridículo. Meus sapatos pesavam, de tanto barro acumulado nas solas. Os gritos e disparos de Filadelfo e Luiziânio já tinham ficado para trás havia muito tempo. Obviamente eles desistiram de me perseguir logo que escurecera e trataram de achar seu próprio caminho de volta, antes que também se perdessem. Onde estava Marianne permanecia uma incógnita. Mas o momento não era propício a conjecturas. Urgia encontrar uma saída. O que não era fácil, pois eu não fazia a menor ideia de onde ela se localizava. E andava devagar não só porque mancava e o mato era imenso e a lama espessa, mas porque mal conseguia enxergar um palmo à frente. Ouvi um ruído, como se alguém, ou algum animal de grande porte, se movimentasse por perto. Cuspi uma baba viscosa e amarga que me sufocava a garganta. O ferimento na coxa parecia crescer e já tomava minha perna inteira, que agora começava a formigar. E então uma aparição me tirou o fôlego: vaga-lumes moviam-se à minha volta. A visão me trouxe novo ânimo. O brilho intermitente me permitiu observar com mais nitidez o grande emaranhado de cana e vegetação aparentemente intransponível que me cercava. Eu tentava seguir um mesmo sentido, mas sem a ajuda das estrelas era uma tarefa impossível. Tratei de seguir os vaga-lumes. Mesmo que me conduzissem a lugar nenhum, pelo menos eu enxergaria alguma coisa. Eles sumiam de repente, mas logo reapareciam e eu avançava como podia, às vezes tropeçando e até caindo na lama, mas sem perdê-los de vista. Não sei quanto tempo passei naquela perseguição. A velocidade dos vaga-lumes era inconstante. Ora avançavam rapidamente, ora estagnavam no ar e moviam-se muito lentamente, dando a impressão de que flutuavam. Exausto, eu caminhava cada vez com mais dificuldade. E era bem possível que tivesse andado em círculos o tempo todo. O mesmo canavial que me proporcionara um esconderijo seguro enquanto Filadelfo e Luiziânio me perseguiam parecia agora querer me engolfar nas suas profundezas, como o mar bravio que envolve um náufrago. Tive ímpeto de chorar, mas achei mais eficiente gritar. Meus gritos só serviram para atrair mais vaga-lumes. Caí no chão, exaurido, e notei que centenas de vaga-lumes voavam em círculos sobre meu corpo, como se eu fosse uma espécie de são Francisco agônico. Quanto mais eu gritava, mais vaga-lumes se reuniam sobre mim. Iniciei um grito contínuo, disposto a não parar de gritar. Vaga-lumes formaram uma massa compacta de luz que me envolveu como uma estrela que explodira a poucos metros de meus olhos arregalados e rosto avermelhado pelo grito perpétuo. Toneladas de césio-137 flutuavam pelo canavial numa gigantesca nuvem de pólen químico e brilhante. E então encontrei o fio de Ariadne.

As tears go by

1.

Caminhei pelo gramado no fim do dia.
Os crepúsculos da região são famosos por sua intensidade e beleza. Tudo correra bem até então, os porteiros me permitiram ficar um pouco além do horário de fechamento, sensibilizados com a homenagem que eu pretendia realizar. O gramado se estendia a perder de vista e os raios do sol poente manchavam de dourado o verde da grama cortada rente ao chão. O fato de o lugar estar vazio, mais o ruído constante do vento do cerrado, criavam um aspecto de irrealidade. Alguns pássaros negros moviam as asas nos galhos retorcidos de um arbusto distante, como numa estranha dança reverente ao fim de mais um dia. Um grupo de canários levantou voo e uma rajada de vento soprou no instante em que o sol iniciou seu mergulho em direção ao horizonte, espalhando uma claridade fosca sobre o gramado bem cuidado em que me encontrava. Uma garotinha de uns seis anos surgiu de repente, perseguindo uma ave que corria pelo chão, uma mistura de pombo com frango. Ela dizia, rindo: "Vou te pegar, seu jaó! Vou te pegar...". Os dois continuaram correndo na direção do portão de entrada, até que os perdi de vista. A risada da menina foi sumindo aos poucos, confundindo-se com o som do vento. Observei o gramado vazio mais uma vez. Não fosse pelas pequenas placas distribuídas sutilmente

pela grama, dificilmente alguém diria que aquele lugar abrigava cadáveres sob o chão. Muitos meses haviam transcorrido — um ano, quem sabe? — desde os acontecimentos no canavial em Brazabrantes. Como ocorre com frequência desde então, lembrei tudo mais uma vez.

Naquele dia fatídico, depois de ter escapado de Filadelfo e Luiziânio, caminhei por horas no canavial enlameado tentando encontrar uma saída. Em algum momento, completamente perdido, desmaiei de cansaço. Despertei à noite e continuei tentando me encontrar na escuridão, mas, enfraquecido pela hemorragia causada pelo tiro na coxa — e também por alguma quantidade do poderoso sonífero que os irmãos haviam tentado injetar em minha corrente sanguínea pouco antes que conseguisse fugir —, eu estava a ponto de desistir. Já delirava e via vaga-lumes quando percebi minhas pegadas na lama. Se as seguisse, elas me conduziriam à saída do labirinto, como o fio de Ariadne. Com o ânimo renovado, esperei algumas horas até amanhecer. Com o auxílio da luz do dia segui minhas próprias pegadas na lama. Quando cheguei à clareira em que escapara de Filadelfo e Luiziânio, compreendi que o que pensara ser um saco sujo de barro era na verdade Marianne da Ira. Ela estava coberta de lama, irreconhecível. Chacoalhei-a, mas ela não reagiu. Tive certeza de que estava morta. Larguei-a, gritei, comecei a chorar, abracei-a de novo, encostei meu rosto no seu. Algumas formigas caminhavam pela sua testa. Limpei seu rosto e notei que a pele não estava fria. Olhei com mais atenção e constatei que Marianne ainda respirava. Tomei seu pulso. Estava viva, embora inconsciente. E muito inchada. Consegui encontrar um pouco de água numa garrafinha jogada no chão e molhei seus lábios. Mesmo sabendo que ela não me ouvia, implorei que aguentasse firme até que eu retornasse para salvá-la. Retomei meus passos na lama e caminhei até a saída do labirinto.

Filadelfo e Luiziânio foram presos alguns dias depois em Foz do Iguaçu, pouco antes de tentarem atravessar a fronteira com o Paraguai. O fato de Filadelfo estar com um curativo no olho direito ajudou a Polícia Federal a localizá-lo num hotel próximo da ponte da Amizade. Ter ficado cego desse olho provavelmente não o impedirá de vir atrás de mim daqui a alguns anos, assim que sair da penitenciária de Presidente Venceslau, no interior de São Paulo, onde ele e Luiziânio cumprem pena por vários crimes. Não foi preciso que me explicasse qual era sua verdadeira conexão com Brandãozinho e como enxergara naquela situação a chance de realizar sua vingança contra mim. Eu tivera tempo suficiente durante minha fuga pelo canavial para desvendar o enigma.

2.

Nos anos em que seu irmão passou na prisão, Filadelfo tratou de reconstruir sua vida em Goiânia, um lugar em que se pode ser esquecido pelo mundo sem correr o risco de *se* esquecer dele. A cidade o recebeu bem, como faz com todos os forasteiros. Transformou-se no Fila, o delegado Filadelfo, vindo de São Paulo, solteirão bon-vivant apreciador de vinhos, gastronomia e mulheres experientes. Botou a leitura em dia. Instruiu-se. Afastado da sinistra confraria dos pedófilos, buscou alívio e satisfação nas prostitutas de Goiânia e assim acabou conhecendo Brandãozinho, figurinha carimbada em bordéis de todo tipo. Logo se tornaram amigos. Aparentemente, Brandãozinho era o irmão gente boa do Marlon, a celebridade acessível, além de rei incontestável dos puteiros de todo o planalto central. Mas Filadelfo era observador e acabou notando em Brandãozinho algo que notava em seus confrades pedófilos. Teve a sensibilidade de perceber que no cantor essa característica se manifestava de forma diferente da que ele observava nos frequentadores da chácara de Itapecerica da Serra: Brandãozinho só se tornava um confrade quando estava na presença da Riboquinha, a irmã de criação. Ele simplesmente era apaixonado pela irmã de doze anos, e esse era o segredo inviolável dos dois. Quando percebeu isso, Filadelfo entendeu que o destino o agraciava com um prêmio. Ali estava a oportunidade de fazer um bom dinheiro. Deu um jeito, com a ajuda de Luiziânio, de filmar alguns dos encontros íntimos de Brandão e Riboca no apartamento do cantor, que era onde sempre se encontravam, à tarde, com a desculpa de "brincar" inocentemente. Depois, com as imagens em mãos, Filadelfo começou a chantagear sistematicamente o cantor, ameaçando revelar à família e ao mundo suas relações incestuosas e criminosas com a irmã. A revelação seria devastadora para Brandão e sua carreira musical bem-sucedida com Marlon. Em um ano Filadelfo já amealhara um pé-de-meia suficiente pra se mandar de Goiânia e não precisar trabalhar nunca mais. Mas por que parar? Aquilo dava um sentido à sua vida enquanto não descobria a melhor maneira de realizar sua vingança contra mim. Porém, em determinado momento, Brandão revelou que não tinha mais dinheiro e que o que restava de sua fortuna estava agora depositado em fundos coletivos administrados por Leo, Lisandro e Marlon. Se Filadelfo quisesse mais, teria de aguardar Brandão juntar algum, ao longo de um ano ou dois, fazendo shows, porque os irmãos desconfiariam se começasse a gastar muito dinheiro da conta conjunta sem explicações. Filadelfo poderia ter esperado. Levava uma vida tranquila em Goiânia e estava rico para seus padrões. Brandãozinho, no entanto, começou a perder o controle emocional. Disse que não aguentava mais aquela situação, que Filadelfo o estava conduzindo à loucura e que se continuasse a pressioná-lo com a chantagem ele o entregaria aos irmãos e à polícia, mesmo que isso custasse o fim de sua carreira e de sua liberdade. Foi quando soou o alarme. E brotou na cabeça de Filadelfo a ideia de materializar sua vingança. Ele propôs a Brandãozinho um plano que ia resolver definitivamente a situação dos dois: eles simulariam o sequestro do cantor e com o pagamento do resgate Filadelfo iria embora para sempre de Goiânia. Brandão topou na hora a farsa, já que aquilo significaria a reconquista de sua liberdade. Mas não desconfiava que, ao planejar o sequestro, Filadelfo planejava também a morte dele – numa queima de arquivo clássica – e a vingança que dava sentido à sua existência.

3.

Orientei-me por um pequeno folheto com o mapa do cemitério — ou da Morada Definitiva, eufemismo que dava nome ao belo e sofisticado empreendimento funerário destinado aos esqueletos endinheirados de Goiânia—, onde o porteiro indicara com um risco de caneta o "endereço" que eu procurava.

Muitos meses antes, quando fui embora de Goiânia alguns dias depois dos eventos no canavial, jurei mais uma vez nunca voltar à cidade. Quantas vezes eu já tinha jurado isso? Agora eu pensava diferente. De certa forma, aceitei que Goiânia vai fazer parte da minha vida para sempre. Não, não acredito que a terrível estadia no labirinto tenha me transformado num sentimental. Mas com o passar do tempo as coisas vão adquirindo outros significados, não tem jeito.

Na época, a revelação das relações entre Brandãozinho e Riboca caiu como um castigo divino sobre a família Souza Brandão. Eu fizera o papel do mensageiro da desgraça, já que Filadelfo fora acusado de cumplicidade na simulação do sequestro de Brandãozinho, além de planejar sua morte, mas nunca confessara a chantagem e as ligações incestuosas do cantor com a irmã de criação, pois isso poderia piorar ainda mais sua situação perante a lei. Portanto coube a mim contar a verdade para a família. Eu não poderia me furtar dessa responsabilidade. Ainda que a notícia não tenha vazado para a imprensa, livrando a todos do escândalo público, sem dúvida o fato teve o efeito de uma desgraça bíblica sobre dona Sula, Leo, Lisandro e Marlon. Riboca, além de submetida a sessões ecumênicas de exorcismo ministradas por sacerdotes de todas as religiões e seitas conhecidas, frequenta até hoje sessões de análise — graças à atitude decisiva de Maiara, agora esposa de Marlon, ela também vítima de abuso sexual na infância — e recebe acompanhamento constante de terapeutas qualificados.

Pergunto-me se algum dia alguém poderá compreender exatamente o que se passava entre Brandãozinho e Riboca. Pergunto-me também se Riboca algum dia vai se recuperar desse trauma. Não estranho agora que reagisse com aparente frieza à morte do irmão de criação.

Caminhando por uma aleia no cemitério, lembrei-me do que vaticinara meu horóscopo ainda pela manhã, numa rápida passagem de olhos pelo jornal, dentro do avião que me conduziu de São Paulo a Goiânia: *As coisas são como são e seria inútil tentar forçar que sejam diferentes. Melhor aceitá-las e suprir todas as demandas.*

Não que eu tenha voltado a acreditar nos desígnios astrológicos, mas tenho de admitir que, às vezes, faz algum sentido. Coincidência, provavelmente.

Quando cheguei ao túmulo de Mariana da Costa, surpreendi-me ao ver que, ao lado de seu nome verdadeiro, a lápide trazia um parêntesis em que se lia *Marianne da Ira, cantora.* Sorri. Essa era a Marianne que eu conheci.

No fim daquele dia terrível em Brazabrantes, quando consegui voltar ao canavial acompanhado de paramédicos num helicóptero da polícia militar de Goiânia, Marianne já estava morta. A estadia no inferno na companhia de Filadelfo e do fantasma pedófilo foi dura demais. Ainda mais para alguém que acabara de sair de um tratamento de quimioterapia, com o sistema imunológico deficiente. Na época, não tive coragem de ficar para o enterro. Ao contrário do que me dizia agora o horóscopo, logo que soube da morte de Marianne eu me revoltei. Achei que podia e devia tê-la salvado. Quando fiquei sabendo, por sua família, que, em mais uma de suas idiossincrasias, Marianne sempre fazia seus tratamentos em São Paulo sozinha, sem avisar parentes porque não gostava de que a vissem naquela situação, me culpei por não ter ido visitá-la no hospital. Não me perdoei por não ter tentado forçar que as coisas fossem diferentes. Naquele momento, mais uma vez, eu quis ir embora de Goiás o mais rápido possível. Agora era diferente. Algum tempo passara e eu me resignara, como sempre acontece. É assim que se vive, não? Mas eu devia alguma coisa à Marianne. Ela morrera por minha causa, afinal de contas. A intenção de Filadelfo era que nós dois morrêssemos juntos, vítimas das doses cavalares de soníferos que injetaram nela e que também pretendiam injetar em mim. Talvez nunca se descobrisse o que nos levara ao âmago de um canavial. Algum estranho pacto amoroso, talvez? Tudo é possível. Mas Filadelfo não contava que eu conseguisse escapar do labirinto. Ele não sabia que eu tinha o fio de Ariadne.

Mariana da Costa
(Marianne da Ira, cantora)
1985-2013

Olhei para os lados. Era importante que não houvesse ninguém por perto. Eu não me sentiria à vontade para fazer o que tinha de fazer com testemunhas em volta. Certifiquei-me de que estava sozinho no cemitério e cantei – ou melhor, sussurrei – a canção que fez sucesso na voz de Marianne Faithfull na década de 1960:

It is the evening of the day
I sit and watch the children play
Smiling faces I can see
But not for me
I sit and watch as tears go by...

Quando saí dali já era noite, e do crepúsculo só restava a escuridão. Caminhei ao seu encontro.

ESTA OBRA FOI COMPOSTA PELA SPRESS
EM GUARDIAN E IMPRESSA
PELA GEOGRÁFICA EM OFSETE SOBRE
PAPEL PAPERFECT DA SUZANO PAPEL
E CELULOSE PARA A EDITORA SCHWARCZ
EM AGOSTO DE 2014